Mme FRÉDÉRIC RÉGAMEY

AUTOUR DES SAISONS

PARIS. — LIBRAIRIE LAROUSSE
RUE MONTPARNASSE, 17. — SUCCURSALE :
RUE DES ÉCOLES, 58 (SORBONNE).

Paris. — Imp. LAROUSSE, 17, rue Montparnasse.

AUTOUR DES SAISONS

AUTOUR
DES SAISONS

PAR

Mme Frédéric RÉGAMEY

105 Gravures

PARIS. — LIBRAIRIE LAROUSSE
RUE MONTPARNASSE, 17. — SUCCURSALE : RUE DES ÉCOLES, 58 (SORBONNE).

A RENÉ

AUTOUR DES SAISONS

Le Petit-Château.

Monsieur René.

MONSIEUR René est un petit garçon de trois ans, un gros garçon tout rose, avec des joues rondes, de grands yeux bleus et une chevelure blonde, toute frisée. Autrefois, c'est-à-dire il y a trois mois, les bonnes gens du village le prenaient pour une petite fille, à cause de ses jolies boucles. Et même Maman a bien ri une fois, parce que le facteur, qui vient deux fois par jour, son bâton à la main, avec sa boîte pleine de lettres, avait dit à René : « Bonjour, mademoiselle ! »

Mais à présent, malgré les grandes boucles, personne ne se trompe plus. Pourquoi? Parce que, depuis quelques semaines, René est tout à fait grand garçon : il porte une culotte !

Monsieur René.

Une culotte, c'est cela qui rend fier, c'est cela qui donne une haute idée de soi-même ! Du jour où on laisse la petite robe de fille pour mettre une culotte, il semble qu'on soit devenu une tout autre personne, qu'on ait vieilli tout à coup de plusieurs années. Aussi, comme on marche crânement, comme on se tient droit, comme on est sage surtout !

Oui, René est très sage. Aussi, se trouve-t-il très heureux. Il chante toute la journée et, de temps en temps, il s'arrête pour dire à Maman :

« Pas, Maman, c'est une belle chanson, ça? »

René a beaucoup de joujoux, et il sait très bien jouer tout seul. Mais ce qu'il aime plus encore, ce sont les promenades au jardin qu'il fait avec Maman.

Le Jardin.

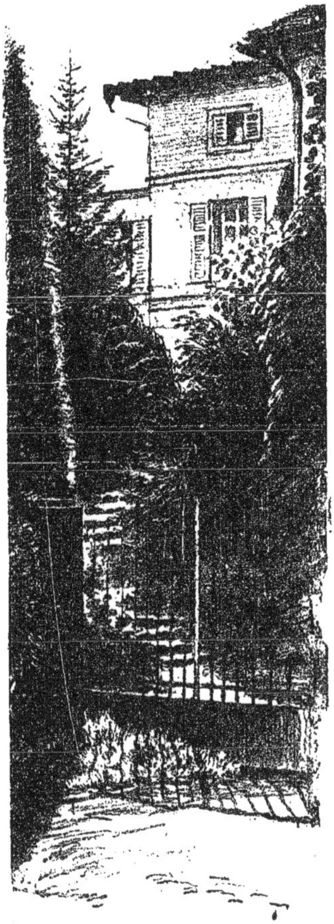

L'entrée du jardin.

René demeure avec Papa et Maman à la campagne, dans une jolie maison qu'on appelle le Petit-Château. Devant le Petit-Château, il y a un jardin qui descend en pente, car la maison est sur une colline. A gauche, on voit le village au pied d'une haute montagne couverte de forêts; devant soi, on a des vignes, des champs et des prés qui vont loin, loin, aussi loin qu'on peut regarder.

Maman dit que c'est très beau; mais René n'y fait guère attention. Ce qu'il aime mieux, c'est le jardin.

C'est qu'il est si amusant, ce jardin ! On y trouve tant de choses intéressantes, tant de jeux auxquels on n'aurait jamais pensé sans lui !

Et d'abord la pelouse de gazon, sur laquelle on peut se rouler, marcher à quatre pattes, se coucher sur le ventre et regarder les petites bêtes qui courent dans l'herbe. Regarder seulement ! Maman dit toujours qu'il ne faut pas toucher les petites bêtes, parce que ça leur ferait peur, ça leur ferait du mal, et elle ne veut pas qu'on les tourmente. Elles sont sur la terre pour être heureuses.

Il y a aussi de beaux arbres, de tout grands, si hauts qu'il faut renverser la tête en arrière pour les regarder, et ils sont toujours pleins d'oiseaux qui chantent. Sur la pelouse, il y a de grands sapins taillés, derrière lesquels on peut jouer à cache-cache avec Maman.

Et la petite allée qui s'en va tout au bout, là-bas, dans les arbustes... On y marche sur la mousse, comme sur un tapis où les pieds enfoncent doucement, et, même quand on n'est pas grand, il faut se courber à tout moment pour passer sous les branches folles. Elles se croisent de tous les côtés ; on ne les a pas taillées depuis des années. Enfin, dans ce jardin, on trouve des amusements à chaque pas, et on y oublie tous les joujoux du monde.

L'HIVER

L'ANNÉE nouvelle commence dans la neige et la glace. Un ciel bas et gris, un grand manteau blanc étendu sur la campagne et que piquettent de noir les corbeaux; des maisons dont les toits sont comme écrasés sous le poids de cette lourde neige, — c'est le tableau que nous offre l'hiver.

L'hiver, haï des pauvres et des vieux, salué de cris joyeux par les bambins qui rêvent de boules de neige et de glissades ; l'hiver, où les loups sortent des bois et s'approchent des villages ; l'hiver, où Noël met sa gaieté et l'âtre vide sa tristesse ; l'hiver amusant et douloureux que craignent les petits oiseaux...

Mais l'hiver n'a qu'un temps ; bientôt reviendront les jours tièdes qui font naître les fleurs et chanter les alouettes.

Il y a beaucoup de choses amusantes dans le mois de janvier. Les journées sont courtes, il est vrai; on allume la lampe avant quatre heures. Mais on est très bien à la table ronde où, sous la suspension, on peut étaler tout grands les livres d'images et construire de belles maisons.

Et puis, comme il commence bien, ce mois! Le premier jour est une fête : on souhaite la bonne année à Papa, à Maman, aux grands parents, et chacun répond par un cadeau. Le jour de l'an, c'est la journée des bonbons et des surprises.

Bientôt après, c'est le jour des Rois. Le boulanger envoie une belle galette ronde et croquante; une fève y est cachée, ou parfois une gentille petite poupée. Qui la trouvera? Qui sera roi ou reine? On rit; tout le monde est joyeux.

Les autres jours, la fête continue, mais c'est l'hiver qui la donne. La neige couvre la terre; on en fait des boules que l'on jette gaiement aux petits amis, et ils vous le rendent bien! On fait des glissades sur les ruisseaux gelés, des promenades en traîneau, bien vite, si vite qu'on croit voler comme un oiseau sur l'épais tapis blanc. Oh! c'est bien amusant, tout cela!

Oui, mais les pauvres petits oiseaux ne trouvent plus rien à manger, et je sais même de pauvres petits enfants qui ont grand'faim et grand froid. Vous qui croquez des bonbons et qui mangez la chaude galette des Rois, n'oubliez pas la part des petits enfants ni les miettes des petits oiseaux.

Dessins de René.

La petite feuille en sucre.

Le Givre.

On descend au jardin tous les jours, par tous les temps, sauf quand il pleut trop fort. S'il fait froid, on enveloppe René dans un petit capulet rouge, dont le capuchon pointu se termine par un gland de laine noire, et ainsi, avec sa culotte qui dépasse, il a l'air d'un de ces petits gnomes dont on raconte qu'ils habitent dans la terre, dans les grottes et qu'ils viennent la nuit apporter du pain aux pauvres gens.

Avec son capulet, il n'a jamais froid, et, le

croiriez-vous? il s'amuse presque aussi bien au jardin l'hiver que l'été.

En hiver, on a des surprises inattendues.

Par exemple, l'autre jour, René a trouvé que tout le jardin avait l'air d'être en sucre. Il y avait eu une forte gelée pendant la nuit, et, chaque brin d'herbe, chaque feuille restée aux arbustes, chaque aiguille de sapin était devenue toute blanche.

Cristaux de neige.

Ce qui lui a paru très curieux, c'était de voir des toiles d'araignées couvertes aussi de cette chose blanche et brillante qu'il prenait pour du sucre. Les moindres fils se dessinaient en blanc.

René a voulu les toucher, les manger peut-être, mais ils se sont émiettés sous ses doigts et il a retiré vivement sa main, car c'était très froid et mouillé. Il a essayé ensuite de cueillir une belle petite feuille sucrée et qui paraissait toute croquante. Mais aussitôt qu'il l'a saisie, tout le beau sucre blanc s'est mis à fondre ; il n'y a plus eu que de l'eau froide, et René est resté planté là, regardant d'un air étonné et piteux la petite feuille mouillée.

Quand il a relevé la tête, il a vu que Maman riait :

« Pourquoi tu ris, Maman? a-t-il demandé. »

« Je ris de ton air déconfit, mon chéri, a répondu Maman. C'est très bien fait, ce qui t'arrive là, et cela t'apprendra à ne pas être si gourmand. Ah! tu as cru que le bonhomme Hiver avait mis du sucre sur tout le jardin, pour que tu puisses le croquer? Mais tu t'en serais rendu malade! Dans la vie, tu verras souvent ce qui vient de t'arriver : tu croiras trouver quelque chose de bon, et quand tu y toucheras, tu t'apercevras que ce n'est rien. »

Et, cueillant elle-même avec précaution une autre petite feuille, Maman a ajouté :

« Ce qui rend tout si blanc aujourd'hui, vois-tu, ce n'est pas autre chose que de l'eau, comme de la pluie. Mais il fait froid, et cette eau a gelé; elle est devenue de la glace. C'est pour cela qu'elle est si blanche. Quand nous la touchons, puisque nos doigts sont chauds, cela fait fondre la glace, et elle redevient de l'eau. »

René ouvrait de grands yeux. Il savait très bien ce que c'est que la glace, car il avait vu, quelques jours auparavant, dans un baquet d'eau, un gros morceau de quelque chose qui avait l'air d'être du verre, mais qui était blanc par places, et quand il l'avait touché, il avait fait une grimace, parce que c'était horriblement froid et dur.

Et Maman avait dit :

« C'est de la glace : l'eau devient toujours de la glace quand il fait froid. »

Aussi René a-t-il très bien compris aujourd'hui ce que Maman lui a expliqué.

Maintenant, il n'a plus envie de manger les petites feuilles ; mais il les trouve tout de même très jolies, et il s'amuse à les toucher, pour voir couler dessus les petites gouttes d'eau, tandis que, parfois, la glace craque un peu sous ses doigts.

Questionnaire. — 1. Comment est le jardin en hiver ? — 2. Pourquoi est-il blanc ? — 3. Pourquoi René est-il déçu ? — 4. Que dit Maman ? — 5. Qu'est-ce que la glace ? — 6. René mangera-t-il encore des feuilles ?

Le jour vient plus tôt le matin, la nuit plus tard, et le temps est déjà très doux parfois, puis redevient rude tout à coup. Mais dans l'air passent des souffles vifs qui annoncent le printemps. Les poules chantent; elles ont la crête rouge et vont pondre au poulailler. Le paysan attelle ses bœufs à la charrue pour labourer ses champs.

Dans les vignes encore toutes grises, les vignerons taillent les ceps avec leurs sécateurs, tandis que les femmes attachent, d'un brin de saule, les branches à l'échalas et que les enfants, au sortir de l'école, vont ramasser les sarments coupés. On en fera des fagots rêches et durs, mais qui flamberont bien dans l'âtre et feront cuire la bonne soupe aux légumes.

Qu'il fait bon dans la campagne! La montagne et le ciel sont tout bleus; le soleil semble rire, tant il est joyeux et clair. Dans les vignes grises, on entend le *clac! clac!* des sécateurs et les vignerons qui sifflent et qui chantent en travaillant. Et les petits oiseaux; qui s'éveillent à cette première gaieté de l'année, se mettent à gazouiller doucement de tous côtés.

Ce n'est pas encore la printemps, mais il est bien proche. Demain, il sera là.

Dessins de René.

Les merles sont la joie du jardin.

Les Merles.

L'HIVER, les petits oiseaux qui chantent sont tous partis. Ils sont allés dans d'autres pays, bien loin, là où il fait toujours chaud et où le soleil brille sans cesse. Le jardin serait bien triste sans eux, si d'autres n'étaient venus les remplacer. Mais les grives sont arrivées, et aussi les merles.

Ce sont des oiseaux bien amusants, les merles. Ils sont deux ou trois fois plus gros qu'un gros moineau ; ils sont tout noirs, avec un bec jaune, et depuis l'automne jusqu'au printemps, on les voit tout près des maisons,

Le jardin du Petit-Château.

sur les arbres et par terre, dans les allées, où ils trouvent je ne sais quelles graines à manger.

Dans le jardin du Petit-Château, il y a plusieurs sorbiers, de ces arbres qui ont de si jolies petites baies rouges. Les merles aiment

Le piège.

beaucoup ces baies rouges. Aussi les voit-on se percher sur les sorbiers et y chercher leur déjeuner. Si quelqu'un s'approche, *frrrt!* ils s'envolent. Mais ils ne vont jamais bien loin : ils se posent sur la haie, et ils courent, plutôt qu'ils ne voltigent.

Voici qu'un jour Maman et René, pendant

leur promenade, ont fait une découverte. Dans un coin du jardin, sur les branches basses d'un sapin, il y avait une sorte de boîte blanche.

« Oh! qu'est-ce que c'est, ça? » dit René.

Et Maman s'approcha pour voir.

La boîte était ouverte; un petit morceau

En cage.

de bois soutenait le couvercle à moitié levé. Sur le sapin et dans la corbeille, on avait éparpillé des baies de sorbier et des miettes de pain.

« Cela, dit Maman, c'est un piège à oiseaux. Sans doute quelqu'un veut attraper un merle. »

Et aussitôt Maman poussa vivement le petit bâton : le couvercle tomba, la boîte fut fermée et, du coup, dégringola par terre.

Maman riait. René demanda :

« Pourquoi fais-tu ça, Maman?

— Pourquoi? répondit Maman. Pour que les merles ne puissent pas entrer dans la boîte.

— Mais, dit René, puisqu'on veut en attraper.

— Justement ! Je ne veux pas, moi, qu'on les attrape. C'est très mal de prendre de pauvres oiseaux pour les mettre dans une cage. Que dirais-tu, toi, si l'on t'enfermait dans une toute petite chambre, et si l'on ne te permettait plus de sortir, de jouer, d'aller au jardin?

— Oh ! je pleurerais ! fit René avec conviction.

— Eh bien, c'est la même chose pour les oiseaux. Ils sont habitués à voler d'un arbre à l'autre, à aller où ils veulent, librement, et c'est encore plus triste pour eux que pour toi d'être enfermés, parce qu'ils ont des ailes. »

René réfléchit un instant.

« Alors, Maman, pourquoi n'emporte-t-on pas cette cage, nous?

— Ce piège, tu veux dire? C'est pour voir ce qui arrivera, si on le remettra.

— Mais si l'oiseau entre dedans, il sera pris.

— Oui, mais comme nous reviendrons, nous le relâcherons. »

Pendant plusieurs jours, Maman et René vinrent voir si le piège était à sa place. Mais personne ne l'avait ramassé ; il était toujours couché par terre, sous le sapin.

Le jeudi arriva, et voici que, tout à coup, René découvrit la boîte posée sur une branche.

« Bon, dit Maman, il paraît que ce sont des

enfants qui mettent ce piège. Ils ne sont pas venus les autres jours, parce qu'ils étaient à l'école. Mais aujourd'hui qu'ils sont libres, ils en ont profité... Puisqu'il ne fait pas froid, asseyons-nous là, sur ce banc caché dans le bosquet, et attendons. »

Maman avait un petit ouvrage de crochet ; René jouait à côté d'elle, sur le banc, à faire une construction avec deux grosses pierres et de menus cailloux. Quand, sans y penser, il se mettait à parler trop haut, à rire ou à crier, Maman posait un doigt sur sa bouche et murmurait : *chut !* en montrant le sapin.

On le voyait très bien à travers les arbustes sans feuilles du bosquet, et, souvent, Maman y jetait un coup d'œil pour s'assurer qu'il n'y avait rien de nouveau.

Tout à coup, *frrrt !* un bruit d'ailes, et le cri bizarre, jacassant, du merle quand il vole.

Maman laisse tomber son ouvrage, et René abandonne son jeu pour regarder.

Est-il naïf, ce merle ! le voilà qui s'abat au pied du sapin, et qui se met à picorer les miettes de pain, les baies de sorbier ! Ah ! la gourmandise, quelles sottises elle fait faire ! Pour le plaisir de manger quelques friandises, voilà que ce sot oiseau risque sa liberté, se prépare des misères de toute sorte : il sera enfermé, tourmenté par des enfants sans cœur, séparé de ses frères. Ah! le fou!...

Le voici qui monte sur une branche, en picorant toujours, de son gros bec jaune. Il se laisse entraîner plus haut, sur l'autre branche, tout au plaisir de manger les jolies baies rouges, les miettes de pain blanc... Et le voici sur le

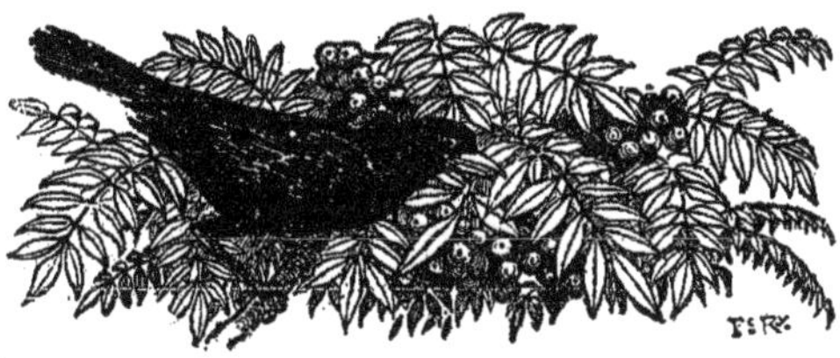

Le merle picore le sorbier.

bord de la boîte... René retient son souffle, car Maman, de nouveau, lui a dit très bas : *chut!* et il est impressionné comme si un véritable drame se jouait devant lui.

Clac! patatras! Le merle a sauté dans la boîte, le couvercle s'est fermé brusquement, et, comme l'autre jour, le piège a roulé à terre. Le merle pousse des cris, se débat; on entend ses ailes qui se froissent contre le panier, dans les efforts qu'il fait pour sortir.

René veut courir tout de suite le délivrer. Mais Maman le retient :

« Non, non, laisse-le. Il faut qu'il soit puni

de sa sottise et de sa gourmandise. Nous lui donnerons la liberté tout à l'heure ; mais laissons-lui le temps de reconnaître qu'il a eu tort et qu'il a mérité de souffrir un peu ; cela lui servira de leçon pour une autre fois, et cela lui apprendra à être moins imprudent. »

Pourtant René est inquiet :

« Il va se faire du mal, » dit-il.

Et il tire la main de Maman pour l'entraîner. Elle rit et se décide à le suivre.

« Allons! »

Elle s'approche du sapin, ramasse la boîte :

« Ah! monsieur le merle, vous vous êtes pris au piège. Vous mériteriez bien qu'on vous y laissât. Mais nous avons pitié de vous. »

Maman lève le couvercle, tandis que René se dresse sur la pointe des pieds pour mieux voir.

Le merle hésite un instant, puis saute sur le bord de la corbeille... *Frrrt!* le voilà qui s'envole avec un cri joyeux.

Cette fois, Maman emporte le piège :

« Ils seront bien attrapés quand ils viendront, les méchants enfants qui veulent prendre la liberté aux oiseaux! »

Questionnaire. — 1. Quels sont les oiseaux qui viennent en hiver? — 2. Comment sont les merles? — 3. Que mangent-ils? — 4. Qu'est-ce que Maman et René ont vu? — 5. Racontez l'histoire du merle pris au piège. — 6. Est-ce bien d'attraper les oiseaux?

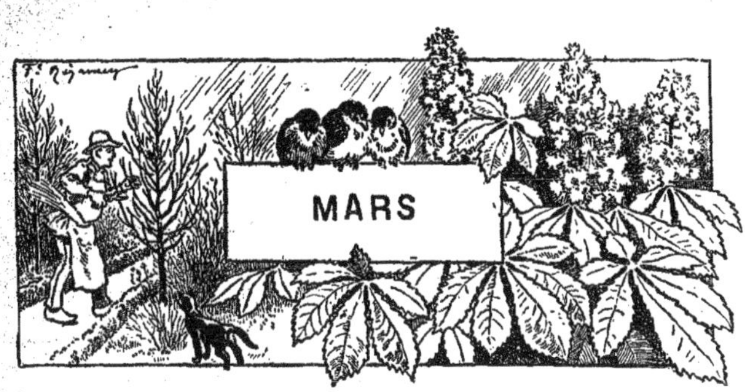

Le vent souffle ; il soulève la poussière sur les routes blanches. Il joue gaiement avec les collets des petites filles et emporte les chapeaux des petits garçons. Faut-il se fâcher ? Mais non : ce bon vent de mars fait du bien à la terre et ramène le printemps.

Les jours maintenant sont aussi longs que les nuits, et l'on trouve des violettes dans tous les fossés.

Le semeur a mis ses grandes bottes. Un sac sous le bras, il marche dans le sillon qu'a creusé la charrue ; d'un beau geste large, il jette au vent la semence : la semence sera du blé, le blé fera du pain. Bientôt, la terre se couvrira de verdure et de fleurs. Aussi, tout le monde est joyeux et, dans le village, les gens rient en levant la tête, car là-haut, sur le grand nid de la vieille tour, les cigognes babillardes sont revenues.

Cependant, à la ville aussi, on est en gaieté. C'est le joyeux carnaval. Les petits garçons, habillés en clowns, en toréadors, en officiers ; les petites filles, costumées en paysannes, en laitières ou en Espagnoles, se promènent, très fiers d'être si beaux, et tout à l'heure, au bal d'enfants, ils danseront gaiement, en jouant aux grandes personnes.

Les dessins de René.

Une découverte.

Les Escargots.

PENDANT dix jours, René n'a pu sortir. Un gros rhume l'a retenu dans la chambre. C'était grand dommage, car un beau soleil brillait dehors. Et puis, le jour même où Maman lui avait permis sa première promenade, voilà que le temps s'est mis à la pluie, et il a dû attendre encore, en geignant derrière la fenêtre fermée.

Mais enfin, voici le soleil revenu, et René ne tousse plus du tout.

« Maman, on va au jardin ?

— Oui, mon chéri ; vite, mettons le capulet rouge et descendons. »

En bas, René pousse un cri de surprise. Il ne reconnaît plus le jardin : partout des fleurs roses, des fleurs blanches et, parmi le gravier du bosquet, une quantité de petites fleurs jaunes, avec chacune sa couronne de petites feuilles vertes.

« Oh ! Maman, qui a mis là toutes ces fleurs ? s'écrie René.

Dans les violettes.

— C'est le Printemps, mon chéri. Il a envoyé des rayons de soleil, puis une bonne pluie tiède, et les fleurs ont poussé très vite, pendant que tu étais malade... Sens-tu comme l'air est doux ? Bientôt, il y aura des fleurs partout et des feuilles à tous les arbres. Et puis... Viens, je vais te montrer autre chose. »

Maman conduit René sur la pelouse. Là, partout, de petits points bleus piquent l'herbe.

« Tiens, dit Maman, voici des violettes. Sens comme elles sentent bon ! »

Et René s'empresse de faire un petit bouquet. Seulement, il cueille les tiges si courtes, si courtes, que les pauvres fleurs lui tombent des mains, et il faut que Maman lui donne une leçon et lui montre comment on prend la tige bien longue, juste à l'endroit où elle sort de terre.

Mais René s'interrompt tout à coup :

« Oh ! Maman, un escargot ! »

Et il reste en arrêt, les mains sur ses jambes, tendant son cou et la bouche ouverte.

Maman se penche par-dessus l'épaule de René pour regarder aussi. En effet, il y a là, dans l'herbe, un gros escargot à coquille d'un gris brunâtre. Il a sorti tout son corps, et il s'allonge, tout luisant et gluant, comme une pâte grise, et René s'amuse beaucoup de le voir dresser ses deux cornes.

« Tiens, dit Maman, regarde comme il va les rentrer. »

Elle prend un brin d'herbe et délicatement en touche la tête de l'escargot. Aussitôt, on voit les cornes se rapetisser, se cacher complètement, comme si elles étaient entrées dans un étui. Mais bientôt les voici qui ressor-

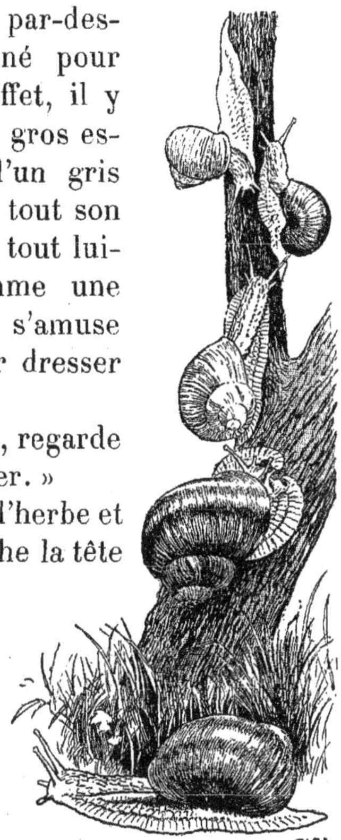

Promenade d'escargots.

tent, l'une d'abord, puis l'autre, qui s'allongent, qui s'allongent. Maman rapproche son brin d'herbe et de nouveau... plus de cornes.

René s'amuse beaucoup. Il rit de tout son cœur.

Mais il ne faut pas tourmenter les animaux. On peut s'en amuser un instant, sans leur faire de mal. Pourtant, cela ne doit pas durer trop longtemps. Aussi, Maman se relève bien vite et entraîne René.

« Laissons-le tranquille et allons nous promener. »

René regrette bien un peu de quitter son colimaçon, mais s'il n'est pas toujours très obéissant, il sait bien que, quand Maman a décidé une chose, rien ne sert de protester.

Il a, du reste, une consolation, car voici un nouvel escargot, un joli petit escargot jaune clair qui grimpe le long d'un tronc d'arbre, et puis un autre, et beaucoup d'autres encore. Maman dit que c'est la pluie qui les a tous fait sortir, parce qu'ils aiment l'humidité.

Et c'est bien amusant de les voir ainsi voyager dans l'herbe avec leur maison sur le dos.

Questionnaire. — 1. Comment est le jardin au printemps? — 2. Comment doit-on cueillir les fleurs? — 3. Qu'a vu René dans le gazon? — 4. Que fait l'escargot? — 5. Que porte l'escargot sur son dos? — 6. Maman permet-elle à René de le tourmenter?

LE PRINTEMPS

La terre s'éveille ; des effluves parfumés chargent l'air pur. Enfants, c'est la saison charmante des nids et des fleurs, la saison où tout chante, où tout rit, où tout embaume et gazouille. Allons par les bois et les champs cueillir les violettes nouvelles, les anémones blanches et les fraîches primevères. Le coucou nous égayera de son cri joyeux;

l'alouette, dans le ciel bleu, nous dira sa chanson matinale, et les blés verts, qu'un souffle fait onduler, nous diront l'espoir de la moisson future.

Là-bas, au bord des toits de la ferme, les hirondelles chantent et réparent leurs nids de l'an dernier. Partout, il y a des batailles où les plumes volent, car chacune voudrait la meilleure place.

Enfants, le printemps est doux et clair : c'est la saison de l'espoir et de la gaieté.

Cette fois, c'est vraiment le printemps. Sur les collines et dans les jardins, les arbres en fleurs semblent de gros bouquets blancs ou roses. Déjà, les buissons bourgeonnent, verdissent; les lilas vont s'épanouir, et les abeilles sortent de la ruche. Partout elles bourdonnent, elles cherchent dans les fleurs le suc parfumé dont elles feront du miel. Les papillons aussi commencent à voltiger, et les hirondelles, revenues des pays chauds, passent et tournoient dans le ciel bleu.

La terre est belle; elle annonce, par ses fleurs et sa verdure, de riches moissons et des fruits délicieux. Pourvu que le froid ne revienne pas tout à coup, traîtreusement, et ne détruise pas en une nuit toutes ces promesses heureuses!

En ce mois aussi, c'est la belle fête

de Pâques, la fête de la nature qui renaît. Au jardin, on cache dans les touffes de verdure les œufs en sucre, les petits lièvres et les poulettes en chocolat. C'est un plaisir bien grand de chercher toutes ces jolies et savoureuses sucreries, d'écarter les feuilles pour trouver ces surprises. Quels cris de joie on pousse à chaque découverte nouvelle !

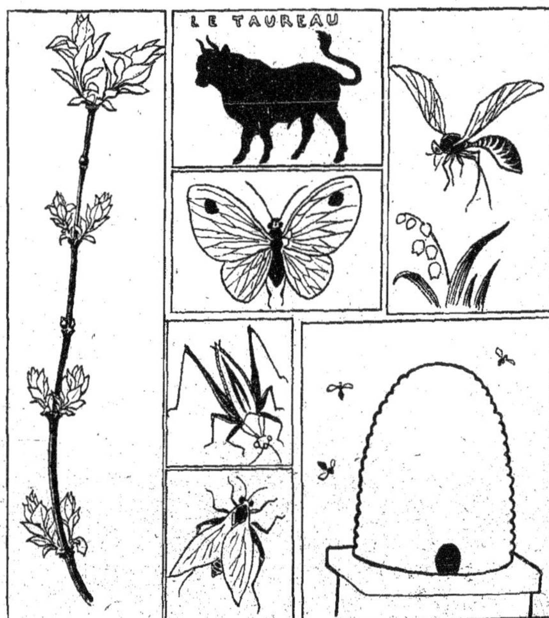

Dessins de René.

Les Nids.

Ce matin, René donnait du pain aux poules. C'est très amusant, comme vous savez : on jette une petite miette, une seule à la fois, et l'on voit deux, trois, quatre poules courir et se précipiter dessus. C'est à qui arrivera la première pour happer le morceau, et celles qui ne peuvent l'attraper ont des mines déconfites et se mettent à chantonner, à glousser, comme si elles réclamaient.

Ce qui est encore plus drôle, c'est le coq, le beau coq doré, à grande queue brillante. Quand il trouve une mie, il se garde bien de la manger : les poules d'abord. Alors, il les appelle en donnant de petits coups de bec par terre, et il laisse prendre sa trouvaille par la première poule accourue.

Le coq chante.

Mais voici que, tout à coup, l'une des poules a perdu une plume, une jolie petite plume blanche, légère et douce. René se promet d'aller la ramasser lorsqu'il n'aura plus de pain dans les mains ; les deux à la fois, cela ferait trop de choses à tenir.

Mais ne voilà-t-il pas qu'un moineau, un petit pierrot à l'œil noir, à l'air malin, est descendu de l'acacia, s'est avancé en sautillant, a pris la plume dans son bec et s'est envolé en disant, par un petit cri moqueur :

Le moineau voleur.

« Je t'ai joué un bon tour, hé, l'ami René ? »

En effet, René a l'air aussi déconfit que les poules lorsqu'elles ne peuvent attraper un bon morceau ; mais il est plus étonné et, après un petit instant de méditation, il se tourne vers Maman :

« Pourquoi qu'il m'a pris ma plume, le pierrot? Il ne peut pas la manger, dis?

— D'abord, répond Maman, ce n'était pas *ta* plume. Tu crois toujours que tout t'appartient. Cette plume était à la poule, et quand la poule l'a eu perdue, elle n'était plus à personne. Le moineau avait donc le droit de la prendre aussi bien que toi. »

René a envie de pleurer.

« Mais je la voulais, moi », dit-il.

Sa lèvre s'avance, son menton se crispe et de grosses larmes remplissent ses yeux.

« Eh bien, mon garçon, il fallait te dépêcher. Quand on attend, un autre vient et prend ce que l'on voulait. Tu le sauras pour la prochaine fois... Et puis, qu'aurais-tu fait de cette plume? Tu t'en serais amusé un instant, et puis tu l'aurais jetée, tandis que le moineau...

— Il la mange? demande René, déjà consolé.

— Non, il la mettra dans son nid, qui deviendra ainsi plus doux et plus chaud pour ses petits. Attends, tu vas voir. »

Maman emmène René par la main vers le chalet où sont les étables et le grenier à foin. Ce chalet a un grand toit qui avance. Maman s'arrête en dessous et fait lever la tête à René :

« Regarde là-haut. Vois-tu sous le toit, contre le mur, sur cette poutre qui dépasse, ce paquet qui a l'air d'être du foin ?

— Oui, je vois.

— Eh bien, c'est un nid de moineaux. Le père et la mère l'ont construit eux-mêmes. Ils

Un nid de moineaux.

ont cherché, brin par brin, du foin, de la paille, de petites branches sèches. Ils ont mis le tout sur la poutre et maintenant ils demeurent là ; c'est leur maison. Si tu pouvais monter là-haut et regarder dans le nid, tu verrais sans doute trois ou quatre tout petits pierrots, de petits enfants de pierrots couchés dans le nid. Quand ils sont tout jeunes, ils n'ont pas encore de plumes ; leur peau est nue et ils ont froid. Aussi, leur maman se couche auprès d'eux, et elle étend les ailes pour leur tenir

Poule et poussins.

chaud, comme fait la poule avec ses poussins. Pendant ce temps, le papa moineau va chercher à manger ; il apporte des miettes de pain, des graines, tout ce qu'il trouve. Les petits, l'entendant revenir, ouvrent le bec tout grand, et leur père leur donne ce qu'il a cherché. »

Le logement du pinson.

Si les petits moineaux ouvrent le bec, René ouvre de grands yeux ; il ouvre même les lèvres, tant il est étonné de ce que Maman lui raconte là. Il ne dit rien, car il réfléchit profondément.

Maman l'emmène au fond du jardin.

« Viens, dit-elle, je vais te montrer autre chose, que j'ai découvert ce matin. »

Elle s'arrête près du

bosquet, devant un grand arbre qui n'a pas encore beaucoup de feuilles, et, de nouveau, elle fait lever la tête à René qui finit par apercevoir, sur une branche, quelque chose de rond, comme une toute petite corbeille.

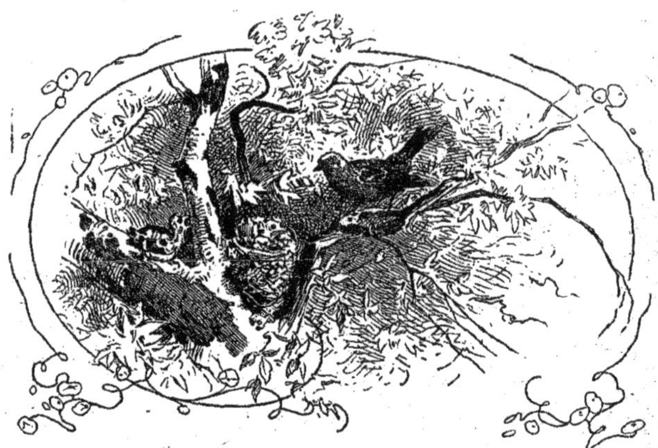

Le nid du pinson.

« C'est encore un nid, dit Maman. Mais vois comme il est bien fait. Les moineaux paresseux se contentent d'entasser du foin et de la paille en tas sur une poutre, tandis qu'ici les oiseaux — ce sont probablement des pinsons — ont pris la peine de tresser de petits brins de bois, de les arrondir, de leur donner une jolie forme, sans que rien dépasse. Aussi, leurs petits vont être bien couchés et ne risqueront pas de tomber à terre, comme cela arrive si souvent aux jeunes pierrots. »

René continue à regarder, la tête en arrière, la bouche ouverte d'étonnement :

« C'est des petits oiseaux qui ont fait ça?

— Mais oui. Tiens, justement, voici là-bas un pinson... Ne bouge pas, il s'envolerait. »

Et René, se retournant avec précaution, voit un joli petit oiseau gris brun, à la queue effilée, avec des taches blanches au bout de ses ailes, qui marche à petits pas dans l'allée. Il a l'air d'une toute, toute petite dame qui se promènerait avec une robe à traîne, en remuant sa jolie petite tête où brillent deux yeux noirs.

Mais, tout à coup, le voici qui déploie ses ailes et s'envole sur un arbre. On voit ses plumes blanches ouvertes comme un éventail.

« Eh bien, dit Maman, c'est ce petit oiseau-là qui a fait ce nid. Il a cherché des brins de bois, d'herbe sèche, de laine, partout où il en a trouvé ; il les a apportés l'un après l'autre dans son bec, et avec ce bec, avec ses pattes, il a réuni tout cela, l'a fait tenir, l'a arrondi, jusqu'à ce que cela soit devenu un nid. »

Comme René est stupéfait, Maman ajoute :

« Cela te prouve, mon chéri, que tout le monde travaille. Tu crois que les oiseaux n'ont qu'à chanter et à voler sans rien faire, mais ce n'est pas vrai. Ils sont obligés de chercher à manger pour eux et leurs enfants, de bâtir

Chacun doit gagner ce qu'il mange.

leurs maisons. Ils travaillent aussi bien que les hommes, car tous doivent travailler, gens et bêtes, et chacun doit gagner soi-même ce qu'il mange. »

Questionnaire.— 1. Racontez ce que fait René et ce que font les poules. — 2. René a-t-il eu la plume qu'il voulait prendre? — 3. Qu'en fera le moineau? — 4. Comment sont les nids des moineaux? — 5. N'y en a-t-il pas d'autres mieux faits? — 6. Pourquoi faut-il que tout le monde travaille?

MAI

Les arbres maintenant ont toutes leurs feuilles, d'un vert frais et tendre. Partout où l'on regarde, ce ne sont que bouquets : les lilas balancent leurs grappes parfumées, les cytises laissent tomber leur pluie d'or, les marronniers élèvent vers le ciel leurs fleurs blanches qui ressemblent aux bougies d'un arbre de Noël.

Le jardinier, qui ne craint plus le froid, a sarclé les plates-bandes, aménagé les parterres, mis dans les corbeilles de la pelouse de nouvelles parures fleuries.

Regardez bien! Là, sous les feuilles, ne voyez-vous pas un point rouge? C'est la première fraise. Qui la mangera?... Bah! ne nous la disputons point : demain, d'autres seront mûres, et la semaine prochaine nous en cueillerons de pleines corbeilles. Voici les asperges aussi qui risquent hors de terre leurs pointes roses. Bientôt, tous les légumes printaniers, aussi jolis que bons, plaisir de la vue et plaisir du goût, orneront le potager, tandis que les cerisiers seront piquetés de rouge.

N'apercevez-vous pas les moineaux qui déjà les guettent d'un regard gourmand? C'est qu'ils ont à nourrir leur couvée. Dans tous les nids, de petites têtes d'oisillons, encore chauves, ouvrent des becs avides, et, dans la basse-cour, la première nichée de petits poussins, boules noires et jaunes, veloutées, avec deux yeux de jais, suivent en pépiant la grosse poule inquiète, leur maman, qui glousse et les appelle.

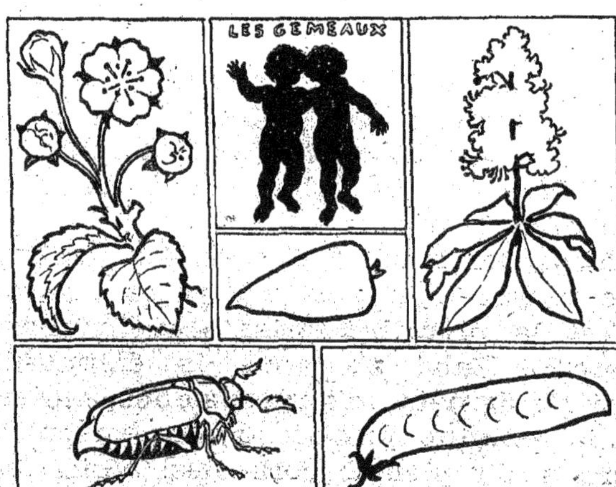

Les dessins de René.

Le ruisseau dans la prairie.

Le Ruisseau.

Quand on sort du jardin et que, de l'autre côté de la petite route, on prend l'étroit sentier qui descend parmi les vignes, on arrive à un grand pré planté de saules.

Ils sont très drôles, les vieux saules. Ils sont tordus, avec de grosses branches toutes crochues. Et puis, leurs troncs sont creux comme de grands tuyaux : on pourrait y entrer et se mettre dedans.

René pense que ce serait bien amusant. Mais il a un peu peur, parce que Maman dit qu'il y a là des nids de hiboux, et c'est peut-être méchant, les hiboux. Ça pousse de si vilains cris, le soir, au moment où René va se coucher. Et l'autre jour, la bonne en a pris un dans le grenier ; il avait de gros yeux tout ronds et des espèces de petites cornes sur la tête... Maman a ouvert la fenêtre et il s'est envolé... Oh ! oui, sûr que ça doit être méchant.

Le hibou et la lune.

Aussi René jette aux saules un petit coup d'œil craintif et prend la main de Maman.

« Regarde donc le ruisseau, comme il a beaucoup d'eau maintenant, dit Maman. »

C'est vrai qu'il est tout large aujourd'hui, le joli ruisseau clair, le long du chemin. Et il court vite, vite : on dirait qu'il est très pressé.

« Pourquoi a-t-il tant d'eau, dis, Maman?

— Parce que la neige a fondu tout là-haut, dans la montagne. Tiens, on en aperçoit encore un peu, très loin, au fond de la vallée. Vois-tu cette tache blanche? »

René n'est pas très sûr d'abord. La voit-il?

On s'amuse l'hiver.

ne la voit-il pas? Il ne le sait pas très bien lui-même. Enfin, il pousse un cri de triomphe :

« Ah! oui!... Oh! je la vois!

— C'est de la neige, dit Maman, tu sais, la neige qui tombe du ciel en petits flocons?

— Oui, oui, et qu'on fait des boules avec, et puis des bonshommes... que c'est tout froid.

— C'est ça. Eh bien, cette neige était restée là-haut depuis la fin de l'hiver. Maintenant, la plus grande partie a fondu. La neige est devenue de l'eau; elle a formé beaucoup de petits ruisseaux qui ont coulé en bas de la montagne, qui se sont rencontrés, se sont réunis et sont descendus ensemble. Ils sont clairs parce que la neige est très propre et parce qu'ils vien-

Sur le pont.

nent directement de la montagne. C'est aussi pour cela que celui-ci coule si vite.

— Oh! oui, qu'il va vite!

— C'est comme toi quand tu descends le talus en courant. Tu ne peux plus t'arrêter, parce que la pente t'entraîne, et tu cours encore un peu, même quand tu es en bas. C'est la même chose pour le ruisseau.

— Où va-t-il comme ça, dis?

— Il va vers la plaine. Un peu plus loin, il rencontrera un autre ruisseau tout pareil à lui ; ils se mêleront et ne formeront plus qu'un ruisseau plus grand, plus large ; tu sais, celui qu'on traverse sur un pont, près du chemin de fer ?

— Ah ! oui, on a jeté des pierres dedans, l'été ?

René barbote.

— Et tu voulais ôter tes souliers pour aller barboter. Eh bien, ce grand ruisseau va vers la rivière où tu t'es baigné l'année dernière.

— Que j'avais si peur !... mais c'était bon tout de même ! Et puis, on voyait tout plein des petits poissons, et on a fait des lacs au bord avec un bâton pour creuser.

— Tu veux dire que nous avons creusé des trous dans le sable et que nous y avons fait venir de l'eau par de petits canaux que nous avions percés avec un bâton.

— Oui, on s'est bien amusé. On ira encore, pas?

— Sans doute, quand il fera chaud... Et cette rivière, où crois-tu qu'elle aille?

— Oh! je sais pas.

— Elle va loin, loin. Elle rencontre d'autres rivières qui se réunissent à elle. Elle devient toujours plus grande et plus large. Enfin, elle se jette dans un beau fleuve qui l'emporte bien plus loin encore, jusqu'à la mer... Ce petit ruisseau que tu vois couler ici, devant toi, s'en ira donc dans la mer.

— Oh! si loin! dit René... Mais si toute l'eau s'en va comme ça dans la mer, il fera tout sec sur la terre?

— Non, parce que le soleil fait sortir des rivières, des lacs, des étangs, des vapeurs d'eau qui montent dans le ciel, qui forment des nuages et qui retombent en pluie sur la terre. La pluie donne de l'eau aux sources, aux ruisseaux, et ainsi l'eau sans cesse remonte au ciel en nuages, retombe en pluie sur la terre, apporte partout la fraîcheur, l'humidité dont les hommes, les animaux et les plantes ont besoin pour vivre. »

Questionnaire. — 1. Parlez du pré et des vieux saules. — 2. D'où vient le ruisseau? — 3. Pourquoi a-t-il beaucoup d'eau? — 4. Où va-t-il? — 5. Et la rivière, et le fleuve? — 6. Comment l'eau revient-elle sur la terre?

JUIN

Juin, c'est le mois des prés et des roses, le mois des longs jours et des nuits claires. Elles sont si claires, les nuits d'été, qu'il semble, sur la montagne, que le soleil soit près de se lever à l'est, quand il vient de se coucher à l'occident.

On dirait qu'il ne peut se décider à quitter ces belles campagnes de nos pays où les bouquets de roses rouges, blanches, jaunes et rosées se balancent dans les jardins, fleurissent les tonnelles, s'élèvent jusqu'aux toits des maisons. Dehors, dans les champs, les blés ondulent doucement au vent léger : ils sont pleins de bluets et de coquelicots. Les herbes des prairies sont hautes, si hautes que les enfants y disparaissent lorsque, le jeudi ou le dimanche, ils vont en maraude guetter les bêtes qui s'y cachent.

Et la forêt... Qu'elle est belle, la forêt d'été ! qu'ils sentent bon, les grands sapins sombres! Qu'ils sont touffus, les arbres et les buissons! Entendez-vous bruire le feuillage? C'est un lapin, un lièvre peut-être qui s'est risqué hors de son terrier et, vous apercevant, s'est caché bien vite. Et là-bas, au détour du sentier, n'est-ce pas un chevreuil qui s'enfuit?

La rivière aussi est charmante. L'eau presque tiède coule sans bruit; elle est si transparente qu'on y voit nager les poissons argentés, et plus d'un pêcheur, le long des rives, attend patiemment, en regardant le bouchon qui flotte, qu'une tanche ou un brochet vienne mordre à l'hameçon.

Dessins de René.

Les meules dans la vallée.

Les Foins.

Aujourd'hui, Maman et René sont allés jusqu'à la prairie. Il faisait un beau soleil, et si René n'avait pas baissé les bords de son chapeau de paille, il aurait eu très chaud.

Dans le pré, il y avait deux hommes qui fauchaient. René, qui est un petit garçon de la ville et qui n'habite pas la campagne depuis longtemps, n'avait jamais vu cela et restait là, bouche ouverte, à regarder.

Les hommes avaient de grandes faux qui luisaient au soleil; ils les tenaient par deux poignées de bois fixées au manche et, en se balançant de droite à gauche, puis de gauche à droite, ils coupaient l'herbe qui tombait à terre en paquets toujours plus épais. Déjà, la moitié de la prairie en était couverte, et René trouvait que cela sentait bien bon, mais que c'était dommage pour les belles fleurs dont on aurait pu faire de si jolis bouquets.

Il y avait aussi là des femmes avec de grands râteaux. Elles remuaient l'herbe coupée, l'étendaient, la tournaient et la retournaient en tous sens. Elles avaient sur la tête des mouchoirs blancs noués sur la nuque ou de grands chapeaux de paille comme René.

« Pourquoi coupe-t-on la belle herbe, Maman ? a demandé René.

— Pour la donner à manger aux bêtes, mon chéri. Tu sais bien : les vaches, les bœufs, les moutons, les chevaux mangent de l'herbe. L'été, c'est facile : on peut les faire brouter dehors, ou leur chercher du fourrage le long des fossés, des chemins, des talus. Mais l'hiver, il n'y a plus d'herbe fraîche nulle part, et pourtant les bêtes ont faim. » Alors comment faire ?

René a réfléchi, mais il n'a rien trouvé.

« Eh bien, a repris Maman, tu vois, on coupe l'herbe quand elle est grande et verte ;

on l'étend par terre pour la faire sécher; on l'y laisse plusieurs jours en la remuant bien. Puis on la charge sur des voitures qui la mènent à la ferme ; on la remise dans le grenier à foin, et l'on a ainsi une bonne provision d'herbe sèche qui se conservera longtemps et servira à nourrir les bestiaux quand ils ne trouveront plus rien dehors.

— Alors, dis, Maman, le foin, c'est les confitures des vaches? »

Maman a été un peu étonnée, et cette fois, c'est elle qui n'a pas compris.

« Mais oui, a expliqué René : tu dis toujours que parce qu'on n'a pas de fruits l'hiver, il faut en prendre l'été et en faire des confitures pour les conserver. Alors le foin, c'est la même chose, pas?

— Ce n'est pas mal trouvé », a répondu Maman, qui riait.

Et René a été très fier de son idée. Car il aime beaucoup qu'on rie de ce qu'il dit, et très souvent il en rit même le premier.

« Cependant, a ajouté Maman, ce n'est pas tout à fait vrai, car les confitures sont une friandise qu'on mange pour le dessert et dont on pourrait très bien se passer, tandis que le foin est pour les vaches en même temps le pain, la viande, les légumes et le dessert. On ne leur donne pas autre chose. »

René a fait un peu la grimace. Drôle de goût qu'elles ont, les vaches, d'aimer cette chose verte et dure, qui doit être bien sèche à manger.

Les faneuses.

« Et sais-tu comment s'appelle la récolte du foin? a demandé Maman.

— Non.

— Eh bien, on l'appelle la *fenaison*. Ces femmes qui remuent l'herbe sont des *faneuses*, et ce qu'elles font : étaler l'herbe et la retourner avec des râteaux, s'appelle *faner*. C'est toujours au mois de juin que l'on fane. Ensuite, l'herbe repousse, mais moins haute que la première fois, et vers le mois de septembre on la fauche de nouveau. Alors cela ne s'appelle plus du foin, mais du *regain.* »

René a encore médité un moment, et tout à coup s'est écrié, de cet air supérieur qu'il prend quelquefois :

« Mais pourquoi ont-ils des bêtes, les gens? S'ils n'ont rien à leur donner à manger l'hiver, ils n'ont qu'à ne pas en avoir, tiens!

— Qu'est-ce que mon petit René mange le matin? a tranquillement demandé Maman.

— Mais du pain, et puis du lait.

— Et qu'est-ce qu'il y a sur le pain?

— Du beurre, donc.

— Et le pain, le lait, le beurre, tu en manges encore aux autres repas, soit tels quels, soit employés dans la cuisine pour composer d'autres aliments. Ce sont donc les choses les plus nécessaires à notre nourriture. Eh bien, le lait, ne sais-tu pas d'où il vient? »

Batteuse de beurre.

René s'est rappelé tout à coup : « Ah! oui!

j'ai vu notre voisine tirer du lait à sa vache...

— Traire sa vache, a corrigé Maman.

— Elle était assise sur un petit tabouret; elle tirait avec ses deux mains, et le lait coulait dans un baquet.

— C'est cela; eh bien, le lait, après avoir

On trait la vache.

reposé quelques heures, se couvre de crème.

— Ah! ce qui est si bon avec du sucre? »

René est décidément un peu gourmand.

« Mais on ne mange pas toujours la crème avec du sucre, a dit Maman. On la met dans une baratte faite exprès, on la bat longtemps et elle devient du beurre... Avec le lait, on peut aussi faire du fromage. » Tu vois que les vaches nous sont plus nécessaires que tout autre animal. Quant aux chevaux et aux bœufs, ils traînent les voitures et la charrue. Sans eux, les paysans ne pourraient pas faire les travaux des champs... Allons jusqu'à la prairie voisine, où la fenaison est plus avancée, et regardons charger le foin. »

René s'est mis à courir en avant. Bientôt, tous deux sont arrivés au pré.

Là, de grandes voitures étaient arrêtées, attelées l'une de deux chevaux robustes, l'autre d'une couple de bœufs tachetés de blanc.

A l'aide d'une fourche, un homme jetait sur la voiture de grands paquets de foin qu'un autre, monté dessus, recevait et disposait de manière à charger également et à former un bel édifice. La montagne verte et parfumée s'élevait rapidement Quand elle fut très haute et qu'elle eut l'air d'une énorme bête qui se balançait, on fixa le tout avec une grosse corde; on plaça au sommet une longue perche destinée à serrer et à maintenir le poids bien au milieu. Puis les faneuses grimpèrent agilement sur la voiture.

« Allons, petit, cria l'une d'elles à René, viens avec nous! »

René regarda Maman pour demander la permission, et Maman sourit en faisant : oui, de la tête.

Alors un homme prit René dans ses deux

mains, l'éleva en l'air ; une femme le reçut, l'installa près d'elle sur le beau lit de foin, si doux et qui sentait si bon, et, au milieu des rires et des cris de joie, l'attelage se mit en route.

René, qui avait eu d'abord un peu peur

Tout en haut.

d'être si haut sans Maman, trouva bientôt que c'était charmant. Il songea que décidément les bœufs étaient des bêtes bien utiles — quand même ils ne marchaient pas très vite — et qu'on avait raison de leur donner du bon foin à manger l'hiver.

Questionnaire. — 1. Que font les hommes dans les prés? — 2. Pourquoi fauche-t-on l'herbe? — 3. Comment appelle-t-on la récolte du foin et ceux qui la font? — 4. Pourquoi les paysans ont-ils des bestiaux? — 5. Que fait-on avec le lait? — 6. Racontez ce qu'on fait sur la voiture.

L'ÉTÉ

Le ciel est d'un bleu profond, le soleil d'un éclat brûlant. La terre semble haleter sous l'aveuglante lumière, et les champs, déjà dépouillés de leurs blés d'or, s'étalent désolés, en attendant la charrue.

Mais la montagne est fraîche; le vent y passe, léger, et balance les grands sapins. Allons courir les bois profonds où fleurissent les digitales; allons visiter les vieux châteaux rêveurs où les oiseaux de proie volent en tournant autour des ruines.

Si vous le préférez, traversons la plaine et, là-bas, sous les ombrages de ses rives, allons retrouver la douce rivière qui coule si limpide et si fraîche. Elle invite au bain; elle ondule sous la brise du soir qui se lève. Venez, enfants, reposer vos membres las sous la caresse de l'eau qui court.

JUILLET

Le ciel est d'un gris de plomb, la chaleur accablante. De temps en temps, un rapide éclair sillonne les lourds nuages, un grondement de tonnerre lointain se fait entendre. Les oiseaux se taisent. Toute la nature, inquiète, silencieuse, semble attendre l'orage.

Tout à coup, il éclate, violent, à grand fracas. Le vent souffle, impétueux, et la pluie tombe à torrents. Mais hélas! ce n'est pas seulement la pluie qui tombe. La grêle aussi se précipite avec rage sur les jardins fleuris, sur les arbres couverts de fruits presque mûrs, sur les belles moissons qu'on allait faucher. En quelques instants, le travail de longs mois est détruit : les fruits couvrent la terre et les blés sont saccagés comme si une armée y avait passé.

Mais voici le soleil qui revient; les nuages se sont dispersés, et l'arc-enciel peint là-haut de vives couleurs.

L'espoir renaît. Peut-être le dommage n'est-il pas aussi grand qu'on l'a cru d'abord. Déjà les enfants ne pensent plus à la tempête, car demain, c'est la fête du village, et tandis que les grands danseront, ils monteront sur les chevaux de bois, achèteront des bonbons et du pain d'épice, et tireront des fusées à la nuit.

Dessins de René.

Un jour d'été.

Le Blé.

Le temps devient toujours plus chaud, le ciel toujours plus bleu, la terre toujours plus sèche. Depuis qu'on a fauché les prés, ils paraissent tout jaunes, tant le soleil les a brûlés. Voici le mois de juillet maintenant : les champs sont tout dorés.

Les paysans reprennent leurs grandes faux et ressortent dans la campagne. Cette fois, c'est au seigle, à l'orge, au froment qu'ils s'en prennent. Les épis, bientôt, sont couchés par terre. D'autres hommes viennent, les ramassent à pleins bras, les nouent en paquets qu'on nomme des *gerbes* et placent ces gerbes debout, quatre par quatre : trois en bas, la quatrième au sommet, pour les faire sécher.

« Oh ! Maman, dit René à la fenêtre, il y a partout des *bonshommes* dehors ! »

C'est vrai qu'elles ont l'air de bonshommes

Les bonshommes de blé.

accroupis, les gerbes ainsi disposées, — de drôles de bonshommes, alignés comme des capucins de cartes. Les uns semblent pencher la tête ; d'autres se dressent fièrement ; là-bas, il y en a un qui tombe à la renverse, écroulé. On dirait une longue file de gros pantins réjouis, vêtus de robes traînantes cachant leurs pieds.

René bat des mains en riant.

« Oh ! Maman, allons les voir de près ! »

Mais, de près, ils ne sont pas aussi drôles, les bonshommes, et René a un peu envie de pleurer quand Maman lui dit que, dans ce monde, il y a beaucoup de choses pareilles, qui paraissent de loin très amusantes ou très jolies et qui, lorsqu'on en approche, ne sont plus belles du tout.

« Alors, dit-il, puisqu'ils ne sont pas drôles,

Le semeur.

les *bonshommes,* pourquoi qu'on les met là ?

— Pour que tu aies du pain à manger cet hiver », répond Maman.

Et comme René ouvre des yeux étonnés :

« Écoute, reprend Maman, je vais te raconter une belle histoire. »

Elle ramasse par terre un épi oublié, que la pauvre femme, qui glane là-bas avec ses enfants, n'a pas vu sans doute.

« Tiens, dit-elle, regarde ces petits grains. A l'automne ou au printemps, quand le paysan aura fait passer la charrue sur ce champ pour que la terre redevienne légère et boive plus facilement la pluie, il prendra un sac rempli de ces grains, et, marchant dans un sillon, dans l'une des raies droites que la charrue a creusées, il jettera au vent une poignée de grains. C'est le semeur.

Les pigeons.

— Ah ! oui, crie René, j'ai déjà vu ça ! Il y a des pigeons qui volent autour de lui et qui viennent manger les graines.

— Oui, mais ils n'en mangent que bien peu. Presque toutes entrent dans la terre. Au bout de quelque temps, elles s'ouvrent. Il en sort une petite racine qui s'enfonce par en bas, et une toute petite plante qui monte par en haut et qui devient verte en arrivant au jour. La graine a germé ; elle pousse, elle a des feuilles, et le champ verdit.

— Je sais, je sais ! crie René, très fier d'être si savant : c'est quand ça a l'air d'un tapis tout en velours vert.

— C'est cela... Bientôt les feuilles poussent, les tiges grandissent, les épis se forment peu à peu. De vert, ils deviennent plus clairs, jaune pâle, puis se dorent jusqu'à être presque bruns, comme tu les vois en ce moment. Ils sont alors aussi hauts que toi, et quand le vent passe sur eux, ils ondulent comme les vagues de la mer. C'est le moment où on les coupe, et cela s'appelle : faire la *moisson*.

— C'est maintenant, pas ?

— Oui... Sais-tu ce qu'on va faire de ces gerbes ?

— Non. On ne laissera pas les bonshommes ici, dis ?

— Des voitures viendront les chercher et les mèneront à la ferme. On les chargera de nouveau comme avec le foin.

— Oh! c'était si amusant dessus ! crie René. Dis, Maman, je pourrai-t-y monter de nouveau ?

— Non, car ce n'est pas doux et moelleux comme le foin, répond Maman... On mettra le blé dans la grange ; on l'étalera sur un plancher qu'on appelle l'*aire* et des hommes le battront avec des outils en bois qu'on nomme des *fléaux*. »

Mais René est pour le progrès ; il aime beaucoup les machines.

« Oh! fait-il de son petit air dédaigneux, moi, j'ai vu battre l'année dernière avec une batteuse mécanique. Ça allait très vite, très

Les batteurs d'hier.

vite; ça faisait du bruit et de la poussière; c'était très amusant.

— Et as-tu vu ce qu'elle faisait, cette batteuse?

— Oui, elle séparait les grains.

— Elle les séparait de quoi?

— De la tige et des feuilles.

— Cette tige et ces feuilles, on les appelle

de la *paille* et on s'en sert pour toute sorte de choses : pour faire des litières aux bêtes, pour tresser des paillassons, des chapeaux. Les pauvres gens en mettent l'hiver dans leurs sabots pour ne pas avoir froid aux pieds. On

Les batteurs d'aujourd'hui.

s'en sert pour attacher la vigne et pour couvrir les plantes délicates dans les jardins pendant les grands froids.

— Et puis, aussi, pour faire des bulles de savon ! s'écrie René, illuminé.

— Si l'on veut ; mais c'est plus commode avec une pipe. »

C'est l'avis de René et, tout en marchant, il rêve au plaisir des bulles de savon qui s'envolent, si légères, si jolies, avec de si douces couleurs, et puis qui disparaissent tout à coup, quand on veut les attraper.

Mais Maman reprend.

« Voilà donc nos grains séparés de la paille. Ces grains, on les met dans des sacs et on les

Minet aussi aime les bulles de savon.

envoie au moulin. Tu sais bien ce que c'est qu'un moulin ?

— Oh ! oui, j'en ai vu sur des images ; ils ont quatre grandes ailes que le vent fait tourner.

— Chez nous, il n'y a pas de moulins à vent. C'est la rivière qui fait tourner une roue ; cette roue met en mouvement de grandes et lourdes pierres rondes qu'on appelle des *meules*, et ces meules, écrasant le blé, en font une poudre fine qui est de la *farine*. En même temps, l'enveloppe jaunâtre du blé, nommée le *son*, en est séparée. Le son sert à toute sorte d'usages ; surtout, on le donne à manger aux bêtes.

— Et puis, moi, j'ai déjà pris des bains de son, dit René, qui a bonne mémoire.

— C'est vrai. Mais le son est beaucoup

Moulin à eau.

moins utile que la farine, car la farine sert à faire du pain, le bon pain blanc que nous mangeons et qui est le meilleur et le plus sain de nos aliments. Qui fait le pain, mon chéri?

— C'est le boulanger, dit René.

— Et comment le fait-il ?

Oh ! qu'il est grand !

— Ah ! je ne sais pas.

— Eh bien, il prend de la farine et de l'eau qu'il pétrit ensemble avec les *mains*. Il y ajoute un peu de pâte de la veille qu'il a mise de côté et qu'on appelle du *levain*, parce qu'elle fait lever le tout, c'est-à-dire se gonfler et devenir plus haut. De cette pâte, il forme des miches rondes ou des pains longs, et il les met au four. Et qui est bien content quand Maman coupe des tartines pour y mettre du beurre et du miel ?

— C'est René ! »

Mais René, qui marche avec Maman sur le champ fauché, parmi les drôles de bonshommes en gerbes, s'est mis à ramasser les épis oubliés qui traînent à terre. Maman se baisse aussi, et voici qu'elle a déjà toute une petite botte à la main. Ce sont de beaux épis dorés et lourds, avec de gros grains remplis de farine. René trouve ce petit jeu très amusant.

Quand tous deux ont réuni un gros bouquet, Maman le donne à René en disant :

« Tiens, va porter cela à la pauvre femme qui est là-bas avec ses enfants. »

René hésite, un peu étonné :

Est-ce assez pour une miche?

« Vois-tu, reprend Maman, ce que nous venons de faire là, ce que fait cette femme, cela s'appelle *glaner*. Quand un champ est fauché et que les blés sont noués en gerbes, les pauvres gens ont la permission d'y passer et de ramasser ce qui a été oublié par terre. Ce n'est pas grand'chose, tu vois ; mais la pauvre femme pourra nourrir ses poules pendant un jour avec ces graines, ou bien elle les moudra et aura un peu de farine... Tiens, va lui porter ce bouquet d'épis : elle n'aura pas la peine de les ramasser. »

René, s'enhardissant, se dirige, sa petite gerbe à la main, vers la femme qui, là-bas, se baisse à tout moment.

« Tenez, madame, voilà pour vous.

— Merci, mon petit monsieur ! »

Et René s'en revient tout fier, marchant

La moisson des pauvres.

à grands pas et comprenant pour la première fois, pas encore très clairement, il est vrai, que s'il est bien agréable de recevoir des cadeaux, il est aussi très doux de donner à ceux qui sont moins heureux que nous.

Questionnaire. — 1. Que font les paysans ce mois-ci? — 2. Racontez ce que René voit dans les champs. — 3. Dites comment pousse le blé et ce qu'on en fait. — 4. A quoi sert la paille? — 5. Et la farine? — 6. Pourquoi René ramasse-t-il des épis?

Un mois que les écoliers, même appliqués et studieux, saluent toujours avec plaisir. Après un long travail, il est permis, il est doux de se reposer ; aussi les vacances font-elles plaisir à tous. On va être libre ; on pourra courir les chemins, les champs et les bois, grimper sur les dernières voitures qui ramènent les moissons à la ferme, marauder quelques prunes de-ci de-là peut-être ? Pourtant, ce n'est pas bien, car nous ne devons jamais prendre ce qui ne nous appartient pas.

C'est le moment où les enfants des villes vont respirer le bon air de la campagne. Quelle joie que le départ, les préparatifs, les emballages, tout ce que l'on emporte et tout ce que l'on voudrait emporter ! Et puis, que de choses amusantes on va voir ! Etre ailleurs, n'est-ce pas déjà le plus grand des plaisirs ? Ce sera la montagne, d'où la vue plonge si loin ; ou la mer, avec sa plage de sable. On se baignera, on ramassera des coquillages, on pêchera des crevettes.

Peut-être aussi s'en ira-t-on tout simplement vers quelque coin de province, dans une vieille maison que l'on connaît très bien, parce qu'on y retourne tous les ans et qu'une bonne grand'mère vous y attend avec impatience. Et je croirais volontiers que ce sont ces enfants-là qui passeront les meilleures vacances !

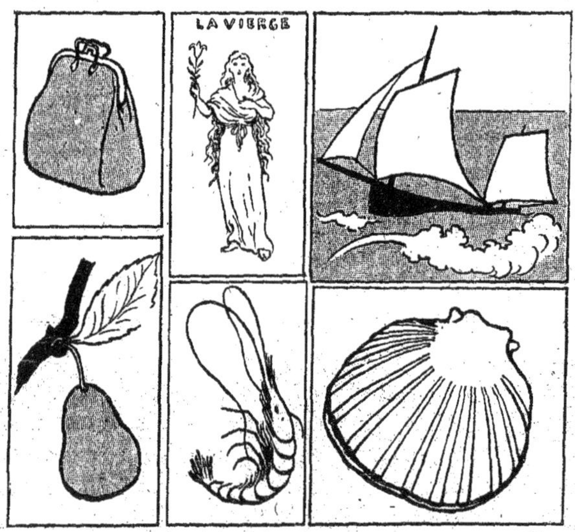

Les dessins de René.

L'agneau et sa maman.

Les Moutons.

VIENS vite, René, viens vite : on va tondre les moutons.

René ne sait pas ce que c'est que tondre; mais les moutons l'amusent toujours beaucoup, et il accourt, tout de suite prêt à aller voir ses amis.

C'est un voisin qui a six moutons. Ce n'est pas un bien grand troupeau, mais il y en a assez pour s'amuser. Souvent, René va chez lui, et dans la grande cour il s'ébat au milieu des six moutons. Ils sont toujours ensemble, soit couchés à l'ombre dans un coin, l'un à côté de l'autre, soit se bousculant pour sortir brouter l'herbe dans un petit parc où on les lâche, soit encore galopant comme des gamins en vacances.

René se mêle alors à leurs parties ; il court, il saute, et les moutons gambadent autour de lui.

René songe à se sauver.

Il y a surtout un bélier tout jeune qui est bien amusant. Il a des cornes encore toutes petites, qui montrent seulement une pointe de chaque côté de son front. Il est très joueur et très batailleur. Si on l'excite un peu, il se met à frapper de la tête à la façon des chèvres, et il fait une série de bonds tout à fait drôles. René, qui n'est pourtant pas très brave, n'a pas du tout peur de lui et le pousse toujours à lutter. Mais, peu à peu, le bélier, qui se plaît au jeu, s'élance de plus en plus vivement, ses petites cornes en avant, et René, se mettant à crier, court à toutes jambes se réfugier auprès de Maman.

Et maintenant, voilà qu'il va se passer quel-

On déshabille le mouton.

que chose avec ces moutons. Tondre, qu'est-ce que cela peut être ?

René, très agité, court chez le voisin sans attendre Maman qui le suit.

Dans la grande cour, les six moutons sont réunis comme d'habitude et semblent ne se douter de rien. Mais un homme est là, en train de déballer un sac de cuir. Il en sort un drôle d'instrument qui ressemble un peu — très peu — à de grands ciseaux. Seulement, au lieu de deux lames pointues ou arrondies, cela se termine en avant par une drôle de chose carrée. A quoi cela peut-il bien servir, et quel rapport cela peut-il avoir avec les moutons ?

Voilà maintenant qu'on cherche une grande table et qu'on attrape un mouton. On le couche sur la table et on l'étend de tout son long. René commence à avoir peur : va-t-on tuer cette pauvre bête ?

Par terre, on déploie une grande toile. L'homme s'approche, avec son drôle d'instrument, et le voisin tient les pattes du mouton.

René, campé à côté de la table, ne perd pas un mouvement, pas un détail de la scène.

Voici que l'homme, tenant son outil à deux mains par des poignées de bois, le fait passer tout le long du mouton, sur le dos. Oh ! que c'est drôle ! Cela fait une longue ligne très claire, car le poil est tombé, le poil si gris et si sale, et l'on aperçoit la peau toute blanche en dessous.

René est tout à fait rassuré : on ne tuera pas le mouton, puisqu'il ne coule pas une goutte de sang, et c'est bien amusant à voir.

Bon! voici une seconde raie à côté de la première, et la bande de peau blanche devient plus large. De temps en temps, l'homme secoue son outil, ôte ce qui y est resté accroché, et « ce poil » tombe à terre, en petites touffes, sur la toile.

Oh ! que c'est doux !

René se baisse et en ramasse un petit paquet. Mais aussitôt le fermier intervient :

« Laisse la laine, petit. Il ne faut pas qu'il s'en perde.

— Tiens! on va donc faire quelque chose de ce vilain poil si sale? Pourquoi appelle-t-il cela de la laine? »

Mais voici Maman qui entre dans la cour, et René se précipite vers elle :

« Viens voir comme le mouton est blanc; on dirait de la crème! Ils ne le tuent pas, tu vois!

— Sans doute qu'ils ne le tuent pas. Ne t'ai-je pas dit qu'on allait le tondre? »

Maman s'aperçoit que René se trouve

en présence d'un mot qu'il ne connaît pas.

« Tondre, répète-t-elle, tu vois, c'est couper le poil d'un animal avec cet outil qui s'appelle une *tondeuse.* Autrefois, quand on n'avait pas encore inventé la tondeuse, on tondait avec des ciseaux, mais c'était

Gare aux dents de la souris!

beaucoup plus long et moins bien fait.

— Mais pourquoi qu'on lui ôte son poil? demande René.

— Parce que d'abord il a trop chaud. Ce poil, comme tu dis, est très épais; nous sommes au moment le plus brûlant de l'été, et ce pauvre animal doit souffrir d'avoir une pareille fourrure sur le dos. Quand on l'aura déshabillé, il se trouvera beaucoup plus à l'aise, et l'hiver prochain sa laine servira à bien vêtir ceux qui ont froid. »

René ouvre de grands yeux :

« Quelle laine?

— Celle qu'on lui coupe en ce moment. Ne

savais-tu donc pas que les moutons ont de la laine? C'est ce poil gris blanc que tu trouves si sale et qui l'est, en effet. Mais, patience! On enverra cette laine à une fabrique où elle sera blanchie, nettoyée, puis filée par de grandes machines. Elle sera bonne alors à mettre en écheveaux et en pelotes comme celles dont je me sers pour tricoter. On en pourra faire des bas, des jupons, des brassières d'enfants, toute sorte de choses. Ou bien, elle s'en ira dans une autre fabrique où, sur un métier à tisser, on en fera de l'étoffe, du drap pour te faire une culotte, une veste, ou un tissu plus fin pour la robe d'une dame. Cette laine, cette étoffe ne restera pas blanche. On la teindra de la couleur que l'on voudra : en noir, en bleu, en rouge. Et voilà comment les moutons nous donnent des vêtements chauds pour l'hiver.

— Oh! que c'est drôle! » fait René.

Et comme il a suivi très attentivement ces explications, il a perdu de vue son mouton. Il le retrouve maintenant presque complètement tondu, la peau nue et blanche sur tout le corps. Allons, quelques coups de tondeuse encore et voilà qui est fait. A qui le tour?

Le voisin attrape un second mouton, le met

sur la table, et le premier, qu'on a lâché, s'enfuit tout penaud dans un coin.

« Voyez-le donc ! crie le tondeur en riant;

Il va se cacher.

il est honteux ; il va se cacher; il se figure qu'on ne le voit pas. »

Le mouton, en effet, est allé se réfugier dans l'encoignure d'une porte. Il cache sa tête et ses yeux contre le battant. Sans doute, il se croit ainsi à l'abri de tous les regards.

« Mais, Maman, dit tout à coup René, il y

a des gens qui auront chaud l'hiver avec la laine des moutons, mais les moutons auront froid, eux !

— Non, mon chéri, car d'ici à l'hiver il y a encore plusieurs mois, et la laine va repousser très vite sur leur dos. Quand le temps froid viendra, ils auront de nouveau leur bonne fourrure qu'on leur laissera jusqu'au printemps. »

Voilà le second mouton débarrassé de sa toison. Tout de suite, il court se placer à côté de son frère, et tous deux se serrent l'un contre l'autre, dans leur petit coin, tandis qu'un troisième patient est sur la table.

Le tondeur, avant de se remettre à l'ouvrage, vide un grand verre de vin pour se donner des forces.

« Ils vont être comme ça quelques heures, explique-t-il. Ça leur semble drôle d'être tout nus ; ils croient qu'on se moque d'eux. Mais ils s'habitueront vite, et alors ils seront bien contents. »

René reste là jusqu'à ce que le dernier mouton soit tondu, jusqu'à ce que tous les six soient allés se serrer dans leur coin.

Oh ! comme il y a beaucoup de laine par terre maintenant ! Le voisin recueille soigneusement les petites touffes qui sont tombées à côté, et René s'empresse de l'aider. Puis, on rassemble les quatre coins de la toile étendue par terre, et voici un beau ballot prêt à être travaillé. La voisine aura cet hiver de gros bas et un jupon bien chaud.

Questionnaire. — 1. Que fait-on chez le voisin? — 2. Quel est cet homme et pourquoi est-il là? — 3. Qu'est-ce qui tombe à terre? — 4. Pourquoi fait-on tondre les moutons? — 5. Que fait-on de leur laine? — 6. Les moutons sont-ils contents d'être tondus?

Les journées deviennent plus courtes. Les feuilles, si vertes jusqu'à présent, commencent à jaunir. D'autres prennent une belle couleur rouge. Les oiseaux ne chantent plus autant, et il y a moins de fleurs dans le jardin et le long des chemins.

Dans la campagne, dans la forêt, on entend des coups de fusil. Les chasseurs vont tuer les pauvres lièvres, les perdreaux et les jolis chevreuils qui, cet été, couraient si gaiement dans les bois !

Les vignerons préparent cuveaux et tonneaux, car bientôt, à la fin du mois, on fera la vendange. Alors, dans les vignes, on entendra chanter des voix joyeuses. Les beaux raisins dorés, rouges ou noirs, tomberont sous le sécateur, seront foulés par le lourd pilon de bois, en attendant que le pressoir en fasse couler le jus savoureux qui sera du vin. A midi, le joyeux repas en plein air réunira les vendangeurs, et le soir, autour de la voiture lourdement chargée, ils regagneront le village avec des chants et des rires.

Cependant les grives, venues de la montagne pour picorer le raisin, s'envoleront en troupes nombreuses, très fâchées que les vignes n'aient plus de fruits.

Les dessins de René.

Aide-moi donc, paresseux !

Les Fruits.

Il y a beaucoup d'arbres fruitiers dans le jardin du Petit-Château. Déjà, on a cueilli des cerises, des mirabelles, des reines-Claude. Maintenant, voici la grande saison des fruits.

Il ne fait pas aussi chaud, mais le temps est encore très beau. Le matin, il y a souvent du brouillard. Mais il disparaît dans la journée, et tout est bleu, le ciel et la montagne. De temps en temps, on voit de longs fils comme des toiles d'araignée ou comme de la soie très fine qui volent dans l'air. Ils s'accrochent partout : aux arbres, aux maisons, quelquefois à l'ombrelle de Maman ou au chapeau de René. Maman dit qu'on les appelle des fils de la Vierge et que c'est signe de beau temps. René trouve cela très joli.

Ce qui l'étonne, par exemple, c'est que les

Un jeu bien amusant.

feuilles ne soient plus vertes. Les voici qui deviennent jaunes, brunes ; il y en a même de rouges, d'un beau rouge vif comme des fleurs. C'est très joli, mais Maman dit qu'elles vont tomber et que bientôt il n'y en aura plus du tout aux arbres. René, qui ne se rappelle plus l'hiver dernier, pense que ce ne sera pas très beau. En attendant, il joue à marcher dans les feuilles sèches qui sont déjà par terre. C'est très amusant, surtout quand on traîne un peu les pieds en courant. Cela fait *criss-criss* et *frou-frou*, comme les robes de Maman, mais beaucoup plus fort.

Pourtant, aujourd'hui, il ne songe pas aux feuilles sèches.

Maman et Catherine, la bonne, ont décidé de cueillir les fruits, car de méchants enfants, mal élevés, viennent chaque jour sur la route jeter des pierres sur les arbres pour faire tomber des poires ou des prunes. Ils se glissent alors par un trou de la haie et ramassent ce qui est par terre.

C'est bien laid de faire cela; c'est un vol, car ces fruits ne sont pas à eux, et l'on ne doit jamais prendre ce qui appartient aux autres.

Maman porte un grand panier et Catherine une échelle. Comme René a été sage, on lui a donné une petite corbeille pour lui tout seul. Il en est très fier et il la tient soigneusement, sans la laisser tomber.

On commence par un prunier. Il porte de ces bonnes prunes bleues dont on fait de si délicieuses tartes. Catherine sait très bien faire ces tartes-là, et René est bien content quand on en a pour le dessert.

Catherine a déposé son échelle; elle n'en a pas encore besoin. Elle serre l'arbre dans ses bras et le secoue de toutes ses forces. Ah ! la pluie de prunes qui tombent ! Que c'est amusant ! Déjà, René se baisse pour en ramasser.

Aïe ! aïe ! j'aimerais mieux les manger.

Il les met dans sa petite corbeille. Mais Maman va plus vite que lui. Elle en met, elle en met dans le panier ! Oh ! elle va tout prendre ! René se dépêche... Aïe ! voilà Catherine qui secoue l'arbre une seconde fois, et les prunes tombent partout, sur le dos, sur la tête de René. Ça fait *toc-toc, boum-boum* de tous les côtés. Il ramasse, il ramasse tant qu'il peut, des deux mains en même temps, et voilà la petite corbeille qui commence à se remplir.

« Dis, Maman, qu'est-ce qu'on en fera, de mes prunes ?

— On les mettra avec les autres.

— Oh ! je ne pourrai pas les manger tout seul ?

— Non, cela te ferait du mal. Les fruits sont très sains, mais il ne faut pas que les enfants en mangent trop, de peur de se gâter l'estomac.

— Mais qu'est-ce qu'on en fera, de toutes ?

— D'abord, on en mettra de côté, des plus belles, et on les laissera pour manger au dessert. D'autres serviront à faire des tartes, des compotes, des confitures. D'autres encore vont être placées, dès demain, les unes à côté des autres, sur des claies, qui sont des espèces de plateaux, faits de lames de bois espacées. On les exposera au soleil d'abord,

Je voudrais bien être là-haut !

puis on les mettra sécher au four, et l'on aura de bons pruneaux pour l'hiver. Et qui sera bien content d'en manger, quand il n'y aura plus de fruits frais ?

— C'est René ! »

Et René se met à rire, enchanté de toutes les bonnes gourmandises que lui présage cette cueillette.

Aux poires maintenant ! Mais celles-ci, on ne les secouera pas : elles se blesseraient en tombant et ne se conserveraient pas. Catherine va chercher son échelle et l'applique contre l'arbre. Elle y grimpe lestement. La voilà tout en haut.

Elle a relevé son tablier, les coins pris dans la ceinture; elle cueille les poires une à une et les glisse dans cette poche improvisée. Lorsque le poids devient trop lourd et pourrait faire s'ouvrir le tablier, Maman, levant les bras, lui tend le panier et Catherine y vide les fruits.

Ce doit être bien amusant, là-haut. Sournoisement, pendant que Maman ne regarde pas, René grimpe à l'échelle : un échelon, puis deux, puis trois.... Aura-t-il le courage de gravir le quatrième ?

Mais Maman se retourne.

« René, veux-tu descendre ! tu vas tomber. »

René est assez obéissant : il descend tout de suite. Oui, mais au bout d'un instant, voilà encore Maman qui ne regarde pas et René qui remonte à l'échelle. Oh ! cette fois, il ira jusqu'au quatrième ! C'est très amusant là-dessus. On voit les choses de haut ; on est plus grand que Maman.

Encore un !

« René, je t'ai défendu de monter à l'échelle. Veux-tu descendre tout de suite ! »

La voix de Maman commence à devenir sévère. Ah ! pourquoi les mamans empêchent-elles toujours les petits garçons de faire ce qui les amuse ? Que c'est donc ennuyeux d'être petit et de toujours obéir !

Obéir ? Mais voilà monsieur René qui recommence à grimper. Oh ! rien qu'un tout petit échelon !... Mais un seul échelon... c'est bien peu ! Bah ! encore un : Maman est occupée à ses poires... et puis le troisième...

Patatras !

Mais comment donc a-t-il fait ? Le voilà qui lâche les montants et qui tombe à la renverse. Aïe ! que son genou lui fait mal !

Maman accourt, l'aide à se relever, tandis qu'il pleure et crie, et que Catherine, du haut de son arbre, regarde d'un air effaré.

Maman examine le genou : bon ! ce n'est

qu'une écorchure ; elle saigne, mais ce n'est pas grave. Vite, à la fontaine, pour laver le sang.

René se laisse emmener, tirer par une main, tandis que, de l'autre, il étale ses larmes par toute sa figure, et comme sa main, qui vient de toucher des prunes, de l'herbe et de la terre, n'est pas très propre, il ressemble bientôt à un ramoneur. Ce qui ne l'empêche pas de crier de toutes ses forces. A l'entendre, on dirait qu'il s'est au moins cassé les deux jambes.

Maman ne s'émeut pas beaucoup ; elle est habituée à ces petites scènes.

Arrivée à la fontaine, elle fouille dans la poche de René et en tire, parmi beaucoup de choses qu'il serait trop long d'énumérer, un mouchoir. Oui, René a un mouchoir. On ne s'en douterait guère, mais il en a un tout de même. Seulement, il oublie toujours de s'en servir quand on ne l'y invite pas spécialement.

Avec un coin de ce mouchoir, Maman lave d'abord très doucement l'écorchure. Ce n'est pas sans que les cris redoublent. Mais une fois le sang ôté, René est forcé de reconnaître lui-même qu'on ne voit presque plus rien de cette terrible blessure, à peine une raie rouge, pas même longue comme la moitié de son petit doigt.

Prenant un autre coin du mouchoir, Maman débarbouille la figure, et débarbouiller est bien le mot qui convient ! Puis, c'est le tour des mains. Allons, voilà un petit garçon propre ! Mais qu'il ne remonte pas à l'échelle, au moins. Il a vu que la punition ne se fait pas attendre quand on désobéit, et qu'il faut toujours payer toutes les sottises que l'on fait.

Catherine, pendant ce temps, a fini de cueillir les poires. Oh ! qu'elles sont jolies, toutes dorées, dans le grand panier blanc ! René oublie tout à fait de pleurer. Il voudrait bien goûter une poire, mais il n'ose pas le demander ; il sait que Maman ne le permettrait pas, après ce qu'il a fait tout à l'heure.

Maintenant, voici le tour des pommes, des jolies pommes qui ont l'air d'avoir des joues rouges. Oh ! les toutes petites, si rondes, René sait bien ce qu'on en fera : il les retrouvera à l'arbre de Noël, dans les petites corbeilles en papier vert, jaune ou bleu. Les autres... il songe à toutes les bonnes choses que Catherine sait faire avec des pommes : des tartes, des charlottes, des chaussons...

Mais il sait bien qu'on ne les mangera pas toutes à la maison. Sûrement, Maman va en préparer un panier pour envoyer aux petits orphelins de l'hospice. René a appris depuis longtemps qu'il ne faut pas tout garder pour soi, qu'il faut savoir donner aux autres, surtout aux pauvres enfants qui n'ont rien.

Non, vous êtes trop gourmands.

René trouve cela très juste. Même, quand on enverra le panier, il y mettra un ou deux de ses jouets... pas des plus beaux, non, cela lui ferait vraiment trop de peine... mais de jolis pourtant, avec lesquels on peut encore très bien s'amuser.

Il réfléchit : oui, il donnera la petite voiture

dont le cheval a une patte cassée ; elle roule encore. Et puis... et puis la vieille boîte de construction. Justement, sa marraine vient de

Il n'est plus digne d'un cuirassier !

lui en envoyer une beaucoup plus belle. Alors, il n'a plus besoin de celle-ci, surtout qu'il y manque plusieurs blocs.

Oh ! il faudrait donner aussi le vieux petit magasin d'épicerie. René a mangé tout ce qu'il y avait dans les tiroirs. Même, il y en a deux de perdus, des tiroirs ! Pourtant, il y jouerait encore bien. Mais voici que pour sa fête, grand-père lui en a donné un autre, plein de bonnes choses, avec une glace derrière le comptoir, et une porte qu'on peut ouvrir et

Tiens ! il va me prendre ma pomme !

fermer. Alors, vraiment, il n'a plus besoin de l'ancien.

Quand René sera plus grand, il comprendra que ce n'est pas bien de donner aux autres les vieilles choses dont on ne veut plus soi-même. Mais en attendant, il fait ce qu'il peut, et ses jouets un peu abîmés feront sans doute grand plaisir aux petits orphelins qui ne sont pas gâtés. C'est déjà quelque chose d'avoir l'idée de donner.

Aussi, René achève-t-il gaiement la cueillette des fruits, et comme il est maintenant très sage, Maman lui permet de croquer une belle pomme pour son goûter.

Questionnaire. — 1. Dans quelle saison cueille-t-on les fruits? — 2. Racontez la cueillette des fruits. — 3. Que fait-on des prunes, des poires, des pommes? — 4. Que fait René? — 5. Est-il obéissant? — 6. Que lui arrive-t-il? — 7. A qui donnera-t-on des fruits? — 8. Pourquoi faut-il savoir donner?

L'AUTOMNE

QUE de fruits partout, et que de feuillages rouges ! C'est une fête pour les yeux. Prunes bleues dans la verdure, pommes dorées parmi les feuilles jaunies, poires superbes chargeant les espaliers, pêches veloutées et raisins aux nuances variées, quelle abondance et quel régal !

Allez au verger, enfants; attirez jusqu'à vos petites bouches les branches qui ploient. L'automne vous les donne, tous ces fruits délicieux, et ce n'est point péché que d'en profiter.

Ne sentez-vous pas que l'air est déjà moins brûlant? Ne voyez-vous pas de quelle brume légère s'enveloppe la montagne et se voile le ciel? C'est la saison charmante qui n'est plus l'été et qui n'est pas l'hiver, la halte douce après la chaleur fatigante, avant le froid qui nous attriste.

Jouissons du délicieux automne et savourons ses fruits exquis.

Octobre, octobre ! C'est la rentrée ! Vite, reprenez vos places à l'école ! Préparez livres et cahiers. Préparez surtout les petites têtes folles. Qu'elles soient sages, attentives, et ne songent pas trop aux vacances terminées. Bah ! pourquoi les regretter ? C'est une bonne et douce chose que le travail, et le bon écolier est joyeux de reprendre ses études.

D'ailleurs, les beaux jours sont passés et la campagne devient triste. Les feuilles tombent et les hirondelles s'envolent. Il n'y a plus de fleurs dans les prés, une seconde fois fauchés. Dans les jardins, quelques roses frileuses tremblent au vent d'automne, et les chrysanthèmes à l'odeur amère sont la seule parure qui résiste aux premiers froids.

Les paysans vont chercher aux champs les pommes de terre et les betteraves, nourriture de l'homme et nourriture des bêtes. Ils creusent dans la terre de grands trous qu'ils remplissent de paille, ou bien ils élèvent de hautes meules pour y conserver, à l'abri de la gelée, les légumes d'hiver. Dans le verger, on cueille les pommes et les poires, et, dans les villes, les marchands de marrons allument leurs fourneaux.

Partout, poêles et cheminées s'égayent de flammes joyeuses. Si l'on regrette un peu les beaux jours, on songe que l'automne aussi a ses plaisirs, que le froid, le brouillard et la neige sont nécessaires à la terre, et qu'après avoir vu le ciel gris on trouvera bien plus beau le ciel bleu du printemps.

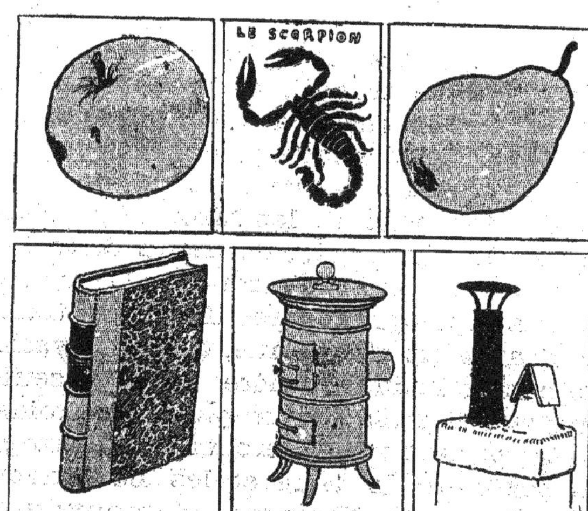

Les dessins de René.

La Cueillette des raisins.

La Vendange.

René, mets vite ton chapeau : nous allons aux vignes.

Déjà, Maman est prête. Elle ne s'est pas faite belle : elle a mis de grosses chaussures, parce que la terre est humide, et une vieille robe, parce qu'on s'accroche et qu'on se déchire aux ceps.

René aussi a un costume qui est un peu usé. Et cela l'ennuie beaucoup, parce qu'il voudrait toujours être bien habillé. Mais Maman n'a pas voulu entendre parler de mettre la belle culotte et la veste à grand col blanc et à ceinture de soie. Elle a même ri quand René l'a proposé.

Les voici tous deux sur le chemin qui monte au sommet de la colline. Il y a des vignes de tous les côtés, des vignes plus hautes qu'un homme, comme on les taille dans ce pays.

On ne voit pas les gens qui y sont, et pourtant il y a du monde partout. On entend rire et chanter dans toutes les pièces.

On remplit les cuveaux.

Au bord du chemin, des voitures stationnent, sur lesquelles sont posés de hauts cuveaux. De temps en temps, on voit un homme sortir d'une vigne, portant sur son dos une grande hotte en bois pleine de raisins. Il monte sur une petite échelle posée contre la voiture, il se penche et, patatras!

les raisins dégringolent dans la cuve. Alors l'homme prend un gros pilon à long manche et écrase les raisins. Il en sort du jus qui sent très fort, un peu comme l'odeur de la cave.

René voudrait bien s'arrêter pour regarder; mais Maman l'entraîne. Il est dix heures du matin; il faut aller aider

Voici qu'on est arrivé.

Déjà, les vendangeurs sont loin, vers le milieu de la vigne, et on ne voit plus nulle part de raisins.

« En les rejoignant, dit Maman, voyons s'ils n'ont rien oublié. Tiens, suis cette ligne de ceps; si tu trouves un raisin, tu le cueilleras et tu le mettras dans ce petit panier. »

René juge cela très amusant. Mais il a beau écarter les feuilles longuement, il ne trouve rien. Et déjà Maman a mis cinq gros raisins dans sa corbeille.

Tout à coup, il pousse un cri perçant. Maman croit qu'il a été mordu par une bête. Mais non; il a simplement découvert un tout petit grappillon oublié. Et puisqu'il ne réussit pas à le détacher, il prend le parti de manger les quelques grains, comme un petit gourmand qu'il est.

Cependant on commence à entendre des voix et des rires : les vendangeurs ne sont pas loin.

Les voici. Les femmes ont mis sur leurs têtes des mouchoirs noués sous le menton. Quelques-unes ont des chapeaux de paille. Elles coupent les raisins avec des ciseaux ou des sécateurs et les jettent dans des baquets

On foule le raisin.

posés à côté d'elles. Quand un baquet est plein, elles appellent un homme qui vient le prendre et le vider dans sa hotte. La hotte remplie, il la charge sur son dos à l'aide de bretelles de cuir et s'en va, courbé sous le poids, la porter au cuveau, comme René l'a vu faire tout à l'heure sur le chemin.

Les vendangeuses rient. Elles font fête à Maman et à René. Voilà de l'aide, au moins : c'est maintenant qu'on ira vite, si René s'en mêle!

On lui donne une paire de vieux petits ciseaux avec lesquels il ne risquera pas de se blesser. Une vieille bonne, qui l'aime beaucoup et qui s'appelle Madeleine, le prend auprès d'elle :

« Viens, nous vendangerons ensemble, nous deux! »

Elle est ridée comme une pomme de reinette à la fin de l'hiver. Mais René l'aime bien tout de même, parce qu'elle a toujours quelque friandise pour lui, ou quelque histoire à lui conter, et il est très heureux de vendanger avec elle.

Déjà, elle entame la conversation :

« Ne mange pas trop de raisins, au moins; sans ça tu auras mal à l'estomac... ou encore, tu pourrais être ivre... tu sais bien, les raisins, c'est du vin.

— Du vin? »

René est stupéfait.

« Dame! avec quoi donc crois-tu qu'on fait du vin? et pourquoi sommes-nous en train de couper les raisins?

— Mais... pour les manger.

— Pour les manger! tu ne vois que ça, toi, gourmand!... Comme s'ils étaient appétissants à manger, les raisins qu'Antoine a foulés dans le cuveau sous son pilon de bois.

— C'est vrai! Je me disais aussi que c'est dommage. Pourquoi a-t-il fait ça, Antoine?

— Pour écraser les raisins, les réduire en une sorte de bouillie qui facilitera le travail du foulage. Ce soir, on rentrera les cuves pleines, on jettera le raisin sous le pressoir, les hommes le pressureront une partie de la nuit, et demain matin tu pourras goûter le jus sucré qu'on en aura tiré, et qui s'appelle le *moût*. Ce *moût* ensuite fermentera, cela veut dire que le sucre qu'il contient se changera en alcool, et alors ce sera du vin.

— Pourquoi fait-on du vin, puisque les enfants n'en boivent pas? demande René.

— Voyez-vous ça! Mais les grandes personnes en boivent, petit égoïste!... Il y a bien des gens qui feraient mieux de boire de l'eau, vu qu'ils ne savent pas quand ils en ont assez et qu'ils en prennent trop. C'est les ivrognes, des vilaines gens, pires que les bêtes, car les bêtes ne boivent que quand elles ont soif. Les ivrognes se gâtent la santé, dépensent leur argent à se faire du mal, au lieu de l'employer d'une façon utile, et en outre, comme ils ne savent pas ce qu'ils font, ils commettent souvent des actions bien malheureuses et qu'ils regrettent ensuite toute leur vie. On a vu des hommes ivres tuer un parent ou

Comment René vendange.

un ami pour rien du tout. C'est pour ça que ceux qui ne sont pas sûrs de pouvoir s'arrêter en buvant feraient mieux de boire de l'eau. »

René coupe toujours ses raisins, et, malgré les recommandations de Madeleine, picore plus d'un grain. Le temps passe vite ainsi, et il est tout étonné quand Maman vient annoncer que le déjeuner est prêt! Ah! il s'est bien réjoui à l'idée de ce déjeuner. Il sait qu'on va le prendre en plein air, au bord de la vigne.

Il y a là un talus d'herbe. Vendangeurs et vendangeuses s'y installent et René aussi, avec Papa et Maman. On a fait, sur le chemin,

Oh! le bon dîner.

un feu de branches et d'herbes sèches. Une marmite est posée dessus, d'où Madeleine tire maintenant d'appétissantes saucisses. Sous la cendre, il y a des pommes de terre en robe de chambre, et René sait que tout à l'heure on mangera du fromage et, naturellement, des raisins. Tout cela lui semble extraordinairement bon. Si ces mêmes choses étaient servies sur la table, dans la salle à manger du Petit-Château, il les trouverait bien vulgaires et il ferait la grimace, car monsieur René est souvent un peu difficile, ce qui est bien vilain pour un petit garçon. Mais ici, en plein air, avec les vendangeurs qui rient et qui plaisantent, il dévore à belles dents et déclare n'avoir jamais rien mangé d'aussi bon.

Pourtant il ne faut pas trop s'attarder : il y a encore de l'ouvrage à faire. Bientôt chacun a repris sa besogne et, pour raccourcir le temps, les vendangeurs se mettent à chanter. On chante aussi dans les vignes voisines et l'on semble se répondre de tous les côtés.

René en a bientôt assez de couper des raisins. Il ne peut plus en manger, car il s'en est bourré. Il laisse donc là ceps et ciseaux et s'en va faire un petit tour dans une luzernière toute proche.

Par terre, il découvre des coquilles vides d'escargots — de toutes petites coquilles qui ont l'air d'être roulées en spirale et pointues par en haut. Elles sont très jolies. René imagine d'en récolter beaucoup. Il demande une épingle à Maman, perce un trou dans chacune, y passe une petite ficelle, — et voilà un bien beau collier!

Il est si absorbé par sa besogne qu'il est tout étonné quand on vient l'appeler pour

Le pressoir.

rentrer. La pièce est vendangée; demain, ce sera le tour d'une autre vigne.

Arrivé à la maison, René se plaint d'être fatigué. Mais comme il entend parler du pressoir — auquel il ne pensait plus du tout — voilà sa fatigue disparue subitement. Il dégringole l'escalier, court à la remise et regarde. Le grand pressoir est là, en chêne massif, avec des cercles de fer. Une perche est fixée horizontalement dans un trou. Des hommes — ceux qui tout à l'heure portaient les hottes de raisins — poussent cette perche avec effort en marchant en rond autour du pressoir.

René, qui voit aussitôt les détails et s'intéresse beaucoup à toutes les sortes de mécaniques, comprend tout seul que cette perche, en tournant, serre la grosse vis centrale et qu'ainsi les raisins se trouvent si pressés que le jus en est entièrement exprimé. Ce jus coule par une petite ouverture et tombe dans une cuve avec un bruit de ruisseau.

René se rappelle tout à coup ce qu'a dit Madeleine :

« Je voudrais bien goûter ça ! murmure-t-il.

— Voyez-vous le petit gourmand ! »

Déjà quelqu'un a passé un verre ; on y met quelques gouttes de *moût* et René boit en dégustant. C'est très bon, c'est tout sucré.

« Faudra le goûter dans deux jours, dit gaiement un vendangeur.

— Non, non, fait Madeleine qui est là aussi, il ne faudra pas le goûter, mon mignon. Tu vois ce bon jus ; il va devenir aigre, âcre, détestable. On le mettra alors dans des tonneaux auxquels on laissera une ouverture dans le haut. Il reposera quelque temps, puis on le mettra dans d'autres tonneaux, et ainsi il deviendra peu à peu le bon vin blanc de chez nous. »

Mais le vin laisse René très indifférent.

« Je voudrais du moût sucré, dit-il... Et puis, j'aime encore mieux les raisins. Pourquoi ne laisse-t-on pas tous les raisins pour manger? »

Questionnaire. — 1. Comment appelle-t-on la récolte des raisins? — 2. Racontez la promenade de René aux vignes. — 3. Comment vendange-t-on? — 4. Que fait-on des raisins? — 5. N'y a-t-il pas des gens qui boivent trop de vin? — 6. Racontez le déjeuner des vendangeurs. — 7. Que voit René au pressoir?

NOVEMBRE

Ce mois commence par un triste jour, le jour des Morts. Mais il est bon que nous pensions quelquefois aux choses sérieuses, et nous ne devons pas oublier ceux qui nous ont aimés sur la terre et qui en sont partis. Allons donc déposer au cimetière un bouquet de chrysanthèmes.

La terre aussi semble morte. Les champs labourés sont gris sous le ciel gris. Les arbres sans feuilles élèvent leurs branches noires vers les nuages, et des bandes de corbeaux tournoient en croassant, puis s'abattent à terre pour trouver quelque nourriture.

Les gens du village restent chez eux, font de petits ouvrages d'hiver, dans la maison, la cave ou le grenier. On entend retentir dans la grange le bruit cadencé des fléaux qui battent le blé.

C'est encore l'époque où l'on sale les

jambons et le lard, où l'on fait le boudin savoureux, où l'on coupe la choucroute et les navets à confire, où l'on prépare toutes les provisions d'hiver. En ce moment, les marchés des villes sont plus fréquentés que tout le reste de l'année, car ceux qui ont beaucoup récolté veulent vendre leurs produits, et ceux qui n'ont pas assez doivent songer à acheter.

Cependant les enfants commencent à se rappeler que Noël n'est plus bien loin.

Les dessins de René.

Les dessins sur les carreaux.

Le Repos.

Oh! Maman, comme c'est drôle! on ne voit rien du tout dehors! Tout est gris. Qu'est-ce que c'est, dis?

René est debout à la fenêtre et regarde, stupéfait.

C'est vrai, on ne voit même pas la route qui passe le long du jardin. Et du jardin, on aperçoit à peine les arbres et la haie. Tout paraît enveloppé dans un immense voile gris clair.

« C'est du brouillard, dit Maman. Voici l'hiver. Il fait humide et froid. C'est pour cela que nous avons fait du feu, et c'est pour cela aussi que les paysans ne travaillent plus dehors : dans cette saison, la terre ne peut rien produire, parce qu'il n'y a presque pas de soleil. Alors on la laisse se reposer, et les gens se reposent en même temps. »

René ne comprend pas très bien comment la terre peut se reposer. Maman le devine et reprend :

« Quand tu as bien couru, bien joué toute la journée et que tu es fatigué le soir, que fais-tu ?

— Je me couche et je dors.

— Et le matin, tu te réveilles et tu te lèves dispos. Tu as retrouvé des forces et de l'entrain, et tu recommences à courir sans plus penser à ta fatigue.

— Oh ! bien sûr ! le matin, je ne suis jamais fatigué !

— Eh bien, la terre qui a tant produit tout l'été, qui nous a donné le foin, le blé, les raisins, les pommes de terre, les fruits, est fatiguée aussi quand vient l'hiver. Elle a employé ses forces à nourrir les hommes. Il faut qu'elle se repose et qu'elle dorme. L'hiver, pour elle, c'est comme le sommeil pour nous.

— Mais comment dort-elle ? fait René, puisqu'elle n'a pas d'yeux.

— On ne dort pas seulement avec les yeux. Dans le sommeil, tout notre corps est engourdi. Quand nous disons que la terre dort, cela signifie qu'elle ne produit rien, que rien ne pousse. On y met de l'engrais qui lui sert de nourriture, mais on n'y sème rien... Au printemps, quand le soleil devient plus clair et plus chaud, il semble que la terre s'éveille. Elle fait pousser les plantes et grossir les bourgeons. Elle est de nouveau vigoureuse et forte, parce qu'elle s'est reposée. »

Cette fois, René a très bien compris.

« Et les gens, reprend Maman, les gens profitent de cette saison pour faire comme la terre. Ils ont besoin de repos, eux aussi : ils ont travaillé tout le printemps, tout l'été, tout l'automne. Ils ont labouré, semé, pioché, fauché, récolté tout ce que la bonne terre leur a donné. Maintenant, ils sont heureux de rester tranquilles dans leurs maisons, et ils en profitent pour faire toute sorte de petits ouvrages qu'ils ont dû laisser pendant l'été, parce qu'ils n'avaient pas le temps d'y songer. Tiens, cet après-midi, nous irons chez la voisine et nous verrons à quoi elle passe sa journée. »

Vers deux heures, il n'y a presque plus de brouillard. Le grand voile gris s'est levé. Les arbres, la route, les champs ont reparu. Mais le soleil n'est pas venu. Le ciel est triste et sombre, et René trouve qu'il ne fait pas chaud.

Maman entre chez Antoinette, la voisine.

« Voici la saison du repos, lui dit-elle, vous devez être bien contente? »

Antoinette est une femme déjà vieille, coiffée d'un bonnet blanc très propre.

Au grenier.

« Ah! ma bonne dame, répond-elle, on a bien des choses à faire. Tenez, je suis en train de nouer mes oignons. »

En effet, elle a près d'elle un grand panier d'oignons. René pense même que cela ne sent pas bon. Elle les prend un à un et, avec de la paille, les attache solidement les uns au-dessus des autres, de manière à former une sorte d'énorme grappe. Elle en met dix ou douze à chaque paquet. Quelquefois des morceaux de pelure, fins et brillants comme de la soie, tombent à terre. René a bien envie d'en ramasser pour jouer avec, mais il n'ose pas... et puis, cela sent mauvais!

« Et quand vous aurez fini vos oignons, que ferez-vous? demande Maman.

— Ah! il y aura bien de la besogne encore;

Derniers beaux jours du cochon.

ce n'est pas ça qui manque. Il faudra que je noue aussi en paquets les épis de maïs, puis on suspendra au grenier oignons et maïs ensemble. Alors ce sera le temps où on tue le porc. Le voilà bien gras maintenant. Il faudra saler les jambons, fumer le lard, préparer le boudin, faire fondre la graisse pour avoir du saindoux... Et le linge, et les habits donc, que je n'ai pas eu le temps d'entretenir l'été : j'en ai des raccommodages à faire !

— Oui, dit Maman, je crois que l'hiver les femmes ont plus d'ouvrage que les hommes.

— Oh ! ils ne chôment pas non plus, eux ! Mon mari et mes fils réparent les outils que le travail de la belle saison a usés. Ils transvasent le vin à la cave. Souvent, il reste encore du blé à battre. Et puis, voyez-vous, chaque jour on trouve à *bricoler* quelque petite chose à quoi on n'avait pas pensé.

— Oui, mais en somme tout cela n'est pas bien fatigant et l'hiver est votre bon temps ?

— Certainement. Surtout, on a quelques petits plaisirs. Ainsi, le soir, on se réunit entre voisins et voisines. Les femmes emportent leurs tricots ; les hommes fument leurs pipes ; on cause et l'on rit. Quelquefois, s'il y en a un qui sait jouer de l'accordéon, les jeunes gens et les jeunes filles font un petit tour de danse. D'autres fois, on passe la soirée à éplucher des noix pour faire de l'huile, ou à quelque autre ouvrage du même genre. On a plus de cœur à la besogne quand on est plusieurs.

— Et de quoi parlez-vous, alors?

— Oh! de beaucoup de choses. Les vieux répètent des histoires d'autrefois. Ceux qui ont été soldats dans les temps anciens parlent des guerres qu'ils ont faites. Souvent on raconte des légendes du pays.

Dansons la capucine.

— Qu'est-ce que c'est, des légendes? demande René.

— Ce sont des histoires qu'on se répète depuis bien longtemps, explique Maman, quoiqu'on sache qu'elles ne sont pas vraies. Mais on les aime parce qu'elles sont jolies.

— Tenez, hier, le vacher, qui passe quatre mois de l'année avec son troupeau sur la montagne et qui fait là du fromage, nous a dit celle-ci :

« A la fin de septembre, quand les nuits commencent à être froides, il quitte son chalet de là-haut et il redescend au village avec ses

Le chalet du fromager.

bêtes. Alors, dans la maisonnette abandonnée, les nains de la montagne venaient autrefois s'installer, les petits nains à barbes grises et à longs manteaux bruns. Ils avaient l'air de petits vieux et ils étaient très bons.

« Dans l'étable du chalet, ils mettaient leurs petites vaches, et ils faisaient du beurre et du fromage avec les ustensiles que le vacher avait laissés. Et savez-vous ce qu'ils en faisaient? La nuit, quand tout le monde dormait, ils descendaient vers les maisons; ils entraient chez les plus pauvres gens et, bien doucement, pour n'éveiller personne, ils déposaient

La cuisine des nains.

beurre et fromage sur la table. Et puis ils s'en allaient sans bruit, comme ils étaient venus.

— Eh! fait Maman, voilà d'agréables visites pour les pauvres gens!

— Oh! oui, les nains de la montagne étaient très bons. Aussi, n'est-ce pas, on aurait dû les aimer et ne songer qu'à leur faire plaisir?

— Sans doute.

Entre amis.

— Eh bien, pas du tout : il y a de mauvaises gens partout, et des espiègles qui gâtent les meilleures choses. Dans le village, il y avait des fillettes malicieuses. Un jour, l'une d'elles a dit aux autres : « C'est tout de même étrange qu'on ne voie jamais les pieds des nains de la montagne. Ils ont de grands manteaux qui les enveloppent jusqu'à terre et qui traînent même autour d'eux...

« Tout de suite, les autres se sont mises à réfléchir. Les cervelles de fillettes, c'est toujours travaillé par la curiosité. Elles se sont mis en tête de savoir pourquoi les nains cachaient leurs pieds. Et comme l'une d'elles avait plus d'idées que ses com-

Sauve qui peut !

pagnes, elle a proposé un bon moyen.

« Il y avait dans la forêt une grotte où les nains venaient sur la terre. Car il faut vous dire qu'ils habitent sous terre, où ils ont, paraît-il, des palais merveilleux, tout reluisants d'or et de pierreries. Donc, par cette grotte, ils venaient, surtout le matin, respirer l'air frais et regarder la lumière.

« Voilà mes gamines qui ont inventé de jeter à l'entrée de la grotte du sable très fin où les pieds s'enfoncent et laissent une trace très distincte. Cela fait, elles sont allées, avant le lever du soleil, se cacher tout auprès, dans la forêt. Bientôt, des nains sont sortis, un seul d'abord, puis deux ou trois. Et mes fillettes de regarder de tous leurs yeux.

« Ah! il n'y avait même pas besoin de sable! Comme les nains se croyaient bien seuls, ils retroussaient leurs grands manteaux et, sans crainte, montraient leurs pieds. Les pauvres pieds! Madame, ils avaient les uns des pattes d'oie, les autres de petits sabots de chèvres!

« Et les petites filles, en voyant cela, se sont mises à rire, mais à rire si fort qu'on eût dit que toute la forêt riait avec elles.

« Si bien que les pauvres nains effarés se sont enfuis au plus vite dans la grotte, en galopant sur leurs drôles de pattes, et jamais plus ils ne sont revenus au jour.

« Aussi maintenant les pauvres gens ne trouvent-ils plus jamais, sur leur table au matin, le beurre et le fromage d'autrefois. Et quand, au printemps, le vacher retourne à la montagne, il trouve tous ses ustensiles comme il les a laissés. Personne ne s'en est servi en son absence. »

Questionnaire. — 1. Pourquoi René ne voit-il pas les arbres de la route? — 2. Comment est la terre au mois de novembre? — 3. Que fait la voisine? — 4. Et les hommes? — 5. Que fait-on le soir? — 6. Racontez la légende des nains.

Les jours sont de plus en plus courts, les nuits de plus en plus longues. De tristes journées de pluie se suivent, puis tout à coup le froid les remplace.

Songez aux pauvres gens qui n'ont pas de feu et souvent pas de pain. Vous à qui rien ne manque, n'oubliez pas ceux à qui tout manque. Pour eux, aucune joie ne viendra que celle des beaux jours où l'on a chaud, où l'on peut travailler et gagner un peu d'argent.

Pour vous, au contraire, un grand plaisir se prépare. Noël approche, Noël avec son sapin joyeux, éclairé de cent lumières, ses bonbons et ses jouets, et toutes les surprises qu'il vous apportera. Déjà, vous voyez vos parents prendre des airs mystérieux. Il y a une chambre où vous ne devez pas entrer, et votre maman quelquefois, quand vous vous précipitez tout à coup vers elle, couvre vite d'un journal déplié l'ouvrage auquel elle travaillait et que vous n'avez pas eu le temps d'apercevoir. Vous savez bien ce que cela veut dire et pour qui l'on prépare ainsi de la joie.

Aussi comme on est sage en ce mois de décembre, comme on est attentif et comme on travaille bien ! Mais ne pensez-vous pas qu'il en devrait être de même toute l'année, puisque de janvier à décembre vos bons parents travaillent pour vous, vous aiment et vous font du bien !

Les dessins de René.

Décidément, c'est l'hiver.

Le Charbon.

Le froid est venu. Pourtant René se promène tous les jours, ou à peu près. Maman dit qu'il faut s'habituer à sortir par tous les temps pour être fort et en bonne santé. Quelquefois, en mettant le nez dehors, René fait la grimace. Même il se plaint un peu, parce qu'il trouve le vent bien glacial. Mais Maman l'entraîne par la main.

« Allons, allons, tu as un bon manteau, un épais béret de drap. Viens. Nous marcherons vite : il n'y a rien de meilleur pour se donner chaud. »

Et vraiment, au bout de quelques minutes, René n'a plus froid du tout, et

Les corbeaux.

il trouve très agréable de courir dehors.

La campagne n'est pas bien gaie ; elle n'est ni verte ni ensoleillée comme en été, et l'on ne voit personne dans les champs. Mais on s'amuse bien tout de même. On regarde voler les corbeaux tout noirs qui font *croâ! croâ!* Ils s'abattent à terre et marchent, raides et sérieux. On dirait qu'ils ont des habits de satin noir.

L'autre jour, Maman a trouvé moyen de faire un bouquet, un drôle de bouquet, comme on n'en voit pas souvent. Elle a cueilli des herbes sèches, des chardons de l'été dernier, des petits chatons gris qui durent toute l'année, quelques baies rouges de sorbier. Et René a trouvé ce bouquet charmant.

D'autres fois, quand il n'y a ni corbeaux, ni plantes à rassembler, Maman égaye la promenade par quelque belle histoire, et René s'amuse très bien.

Sur la route, aujourd'hui, on rencontre plusieurs voitures de charbon, lourdement chargées, qui montent vers le village.

« Oh! le charbon est de la même couleur que les corbeaux! dit René. Il a aussi l'air d'être en satin noir.

— C'est vrai, répond Maman. Et voilà de quoi se chauffer pendant l'hiver.

— On va brûler tout ça? demande René, surpris.

— Mais oui : on se chauffe beaucoup mieux avec du charbon qu'avec du bois. Il coûte moins cher et produit une plus forte chaleur.

— Qu'est-ce que c'est, du reste, le charbon? demande René, qui aime beaucoup le

Les ravages du torrent.

mot « du reste », attrapé au vol en écoutant causer les grandes personnes.

— Le charbon que tu vois là, explique Maman, est du charbon de terre qu'on appelle aussi de la *houille*. Il y a bien longtemps — des centaines, des milliers d'années — de grandes forêts couvraient la terre. Dans ces temps lointains, il y a eu des bouleversements terribles. Des montagnes ont disparu tout à coup ; des lacs se sont formés ; d'autres se sont desséchés. Des fleuves et des rivières ont changé de route. Tout cela ne s'est pas fait en quelques jours ni en quelques années, mais en beaucoup de temps. Nous ne pouvons pas savoir combien.

— Oh ! interrompt René, c'est alors sans doute que ces grands rochers ont descendu la montagne... tu sais, ces grands rochers que nous avons vus l'autre jour ?

— Sans doute, reprend Maman. Eh bien, à cette époque, ces immenses forêts ont sans doute brûlé, ou bien elles ont été englouties d'une façon quelconque que nous ne pouvons guère nous expliquer. Dans tous les cas, c'est d'elles que provient la masse de houille que l'on trouve aujourd'hui dans la terre, à de grandes profondeurs souvent.

— On cherche le charbon dans la terre ? »

René est ébahi.

« Oui, on appelle cela des *mines*. Il n'y a pas seulement des mines de charbon, mais aussi des mines de fer, de plomb, d'argent, même des mines d'or.

— Oh ! où tout est jaune et brillant dedans ? »

Maman sourit.

« Non, je te raconterai cela une autre fois :

les métaux ne sont pas beaux du tout quand on les retire de la mine... Quant au charbon, on creuse des galeries sous terre pour y arriver. Les ouvriers, qu'on appelle des *mineurs*, détachent les blocs de charbon avec des espèces de pioches nommées *pics*. On les monte dans de grands paniers pour les expédier au loin. »

René écoute avec beaucoup d'attention.

« Songe, reprend Maman, à la triste vie que mènent ces pauvres mineurs pour que nous puissions nous chauffer. Ils sont toujours sous terre, dans des sortes de puits sans air, sans lumière. Ils ne sont éclairés que par de petites lampes. L'hiver, quand le jour vient tard et que la nuit tombe de bonne heure, ils ne voient le soleil que le dimanche, seul jour où ils ne travaillent pas... Ne crois-tu pas que leur existence doit être bien triste?

— Oh! si! murmure René, pensif.

— Et puis, ils sont exposés à de si terribles dangers! Il y a dans les mines un gaz qui vient du charbon et qu'on appelle le *grisou*. Quelquefois, si une lampe n'est pas bien fermée, ce gaz s'enflamme tout à coup; il se produit une explosion, et les pauvres mineurs sont tués au fond de la mine. L'homme qui, le matin, quitte sa femme et ses enfants pour descendre sous terre ne sait donc pas si le soir il pourra revenir auprès d'eux.

— Mais pourquoi qu'ils y vont, alors?

— Parce qu'il faut que l'homme, la femme et les enfants mangent pour vivre, et que, pour cela, ils ont besoin d'argent. C'est pour gagner un peu d'argent que le père fait ce rude métier.

— Il ne pourrait pas faire autre chose? demande René.

— Peut-être, mais il faut bien que quelqu'un cherche le charbon dans la mine, puisqu'on en a besoin.

— On pourrait se chauffer avec du bois, dit René.

— Oui, mais ce n'est pas seulement pour se chauffer dans les maisons qu'on a besoin du charbon. Il est bien plus nécessaire pour les machines à vapeur des fabriques, pour les bateaux à vapeur, pour les locomotives. N'as-tu pas vu, quand passe un train, ce wagon rempli de gros morceaux de charbon qui suit immédiatement la locomotive?

— Oh! si! dit René, qui aime beaucoup les chemins de fer et tout ce qui s'y rapporte.

— Eh bien, ce wagon, qui s'appelle le *tender*, est là pour qu'on puisse constamment mettre du charbon dans le fourneau de la locomotive et faire ainsi bouillir l'eau de la chaudière. Cette eau produit de la vapeur, et cette vapeur fait marcher le train. »

Les voitures sont bien loin maintenant, et René a fait beaucoup de chemin sans s'en douter. Maman juge qu'il est temps de rentrer et prend un sentier qui retourne au village.

L'Hiver.

On va vers la montagne à présent. Elle s'est découverte depuis quelques jours, et le soleil brille, assez clair. Elle apparaît, toute proche, un peu rousse de tous ses arbres dépouillés. Là-haut, presque au sommet, une tache blanche se détache sur le fond sombre des forêts.

« Oh! un feu! s'écrie René.

— Oui, la tache blanche est de la fumée. Il y a du monde là-haut. Qui cela peut-il être?

— Qu'est-ce que tu crois? demande René.

— Peut-être des bûcherons qui ont abattu des arbres et qui se chauffent, dit Maman. Ou encore un charbonnier. Car il y a deux sortes de charbon. Nous n'avons parlé que du charbon de terre. Il y a aussi le charbon

Le Petit-Château et son horizon.

de bois, plus léger, plus sec et plus cassant, qui s'allume plus facilement et brûle plus vite, en donnant moins de chaleur. Pourtant il est très utile dans les ménages. On s'en sert pour faire la cuisine, pour chauffer les fers à repasser, pour allumer les feux de charbon de terre.

— Je sais, répond René, c'est des morceaux ronds comme des bouts de bois un peu gros.

— Oui, et c'est du bois, en effet. Le charbonnier, dans la forêt, construit une sorte de hutte entièrement fermée, avec seulement une cheminée en haut pour laisser passer la fumée. Il y met du bois qu'il place d'une certaine façon et qu'il allume. Comme le tout est disposé de manière à ce que l'air n'y pénètre pas, le feu brûle très lentement et noircit le bois sans le consumer. Quand, au bout de quelques jours, on défait cette espèce de four, on y trouve, non de la cendre, mais des morceaux de bois noirs et encore durs. C'est le charbon de bois des cuisinières et des repasseuses.

— Et tu crois que c'est un charbonnier là-haut? demande René en montrant la petite fumée blanche.

— C'est bien possible... Vois comme la vie du charbonnier est plus agréable et plus saine que celle du malheureux mineur. Il vit sur la montagne, au grand air, au soleil, dans les bois. Il voit le ciel bleu, les sapins qui se balancent au vent, en été, les fleurs qui sont si jolies dans nos montagnes : les belles digitales de pourpre et les œillets sauvages qui sentent si bon. Il emmène parfois là-haut, dans la belle saison, sa femme et ses enfants. Il construit pour eux une hutte de terre et de planches, recouverte de branches de sapins, et tous vivent là, heureux et libres, dans la lumière.

— Oui, dit René, mais maintenant ils ont froid.

— Non, car souvent le temps est très doux dans la montagne, quand ici nous avons de la glace. Et puis ils peuvent faire du feu, marcher, courir. Et comme le village n'est pas loin, je pense que le soir ils y rentrent coucher, sauf peut-être le père qui reste pour surveiller son charbon. Non, je ne plains pas

Le campement des charbonniers.

les charbonniers, ni aucun de ceux qui travaillent au grand air, au soleil. Ils font des métiers fatigants parfois, mais sains, qui les rendent forts et joyeux. »

René regarde la petite fumée blanche, et il songe que vraiment on doit être très bien là-haut, sur la montagne, d'où l'on voit si loin, si loin, la grande plaine aux villages blancs. Et il ajoute tout haut : « Quand je serai grand, je veux être charbonnier. »

Maman sourit, car René a déjà voulu des métiers bien divers et Maman pense qu'il a le temps de réfléchir et de changer d'idée... encore bien souvent.

Questionnaire. — 1. Pourquoi René se promène-t-il par le froid? — 2. Que voit-il? — 3. Dites ce que Maman raconte sur le charbon. — 4. Les mineurs sont-ils heureux? — 5. N'y a-t-il qu'une sorte de charbon? — 6. Que savez-vous des charbonniers de la montagne? — 7. Sont-ils aussi malheureux que les mineurs?

TABLE DES MATIÈRES

Paris. — Imprimerie Larousse, 17, rue Montparnasse.

LIVRES CLASSIQUES

pour les classes enfantines
et les cours élémentaires

Lecture

GEORGES et TRONCET.	Premier Livre encyclopédique . . .	» 50
— —	Deuxième Livre encyclopédique . .	» 80
TARTIÈRE	De Tout un peu pour les petits. .	» 70
JURANVILLE	Premier Livre des petites filles. .	» 75
—	Deuxième Livre des petites filles.	1 »

Morale

ESTIENNE et DANIEL. .	Premier Livre de Récitation et de Morale.	» 60
DEVINAT.	Livre de Lecture et de Morale (cours élémentaire).	» 75

Langue française

CLAUDE AUGÉ.	Grammaire enfantine (*Élève*). . . .	» 50
—	Grammaire enfantine (*Maître*). . .	1 »

Histoire

AUGÉ et PETIT.	*Cours concentrique :*	
— —	Histoire de France en images . . .	» 50
— —	Livre préparatoire.	» 70
AUGÉ et PETIT.	*Nouveau cours :*	
— —	Cours élémentaire (des origines à la fin de la guerre de Cent ans). . . .	» 65

www.ingramcontent.com/pod-product-compliance
Ingram Content Group UK Ltd.
Pitfield, Milton Keynes, MK11 3LW, UK
UKHW031900260826
14628UKWH00002B/885

9 782019 991494